Sabor a la Mexicana

Patricia Fromer

Créditos de Autor: Patricia Fromer es graduada del Institue for Integrative Nutritrition. Actualmente trabaja en el proyecto titulado "The Creative Living Arts Center" el cual trata de crear programas que estimulan la creatividad individual y colectiva con el fin de apoyar a pequeñas comunidades.

Puede hacer pedidos de libros de Balboa Press en librerías o poniéndose en contacto con:

Balboa Press
Una División de Hay House
1663 Liberty Drive
Bloomington, IN 47403
www.balboapress.com
1-(877) 407-4847

ISBN: 978-1-5043-2537-0 (tapa blanda)
ISBN: 978-1-5043-2539-4 (tapa dura)
ISBN: 978-1-5043-2538-7 (libro electrónico)

Numero de la Libreria del Congreso: 2014922430

Información sobre impresión disponible en la última página.

Fecha de revisión de Balboa Press: 2/25/2015

Índice

A todas las luces que han alumbrado mi sendero, especialmente a mis padres, Mario y Celia, quienes con el trayecto de sus historias me han enseñado a valorar los eventos de la vida. A mi hermana Coty, hubiese querido pasar más tiempo contigo. A la salud de mi familia, de mis amigos y de México, recordemos que somos uno.

Porque así me has dado mundo
a conocer tus espacios,
descubriéndote maravillosamente
ante mis ojos admirados.
Esta humilde alma te agradece vida
haberle dejado saborear el néctar
de tus rincones escondidos.
Y descubriendo también en ti
he aprendido,
que importante no es el sitio
sino lo que se haga en él.

Patricia Fromer
Agosto, 1993

Descubriendo Sabores

Creciendo en una pequeña ciudad en donde nunca pasa nada, el salir a pasear aunque fuera a unos cuantos kilómetros de distancia, resultaba en toda una aventura. Aunque claro, con el gran apetito que siempre ha caracterizado a mi familia, el comentario más frecuente no era sobre lo que íbamos a ver o a dónde nos íbamos a quedar o lo que íbamos a hacer, sino más bien lo que íbamos a comer, sobre todo si ya habíamos visitado ese lugar anteriormente. Los platillos y la sazón de cada Estado y de cada región era el tema central en nuestra espera inquieta.

"Y por favor no pidan chilaquiles" decía mi papá justo cuando se nos empezaba a abrir el apetito y andábamos paseando por algún lugar. Esta fue la frase que despertó por primera vez en mí una inquietud sobre el por qué disfrutar lo típico de cada región a la que íbamos a visitar, ya que como el maíz ha sido nuestro alimento nacional y por ende todos sus derivados, pues la tortilla y sus combinaciones culinarias en muchos de nuestros platillos no sólo son utilizados en varias regiones de México, sino que son comunes en el menú diario de la mayoría de los hogares. Así que, cada vez que llegábamos a un restaurante del lugar que estábamos visitando, especialmente si nos encontrábamos en la zona costera, era una tradición oír la frase salir de la boca de mi papá: "¡Pa chilaquiles en su casa!"

El anhelado paseo nos hacía viajar antes de salir, las conversaciones que teníamos a la hora de comer o durante la merienda giraban alrededor de la última vez que habíamos visitado ese lugar, de lo que habíamos visto, de lo que le había ocurrido a alguno de nosotros, de las personas que habíamos conocido, de algo que nos había impresionado, de algo que nos sorprendía porque nunca lo habíamos oído mencionar o porque nunca antes lo habíamos visto, así pudiera ser una palabra, un ave, una flor, una comida o hasta un paisaje, aunque lo más común nos sucedía en el momento que entrelazábamos una conversación con los habitantes de aquellas regiones y es que, a pesar de que en México el idioma oficial es el español, también tenemos una gran cantidad de modismos, aparte de los dialectos, que varían de región en región, sin embargo de alguna forma nos damos a entender unos a otros, aunque nunca faltan los momentos en que esas variaciones del idioma nos llevan a situaciones graciosas y hasta embarazosas, como fue la ocasión en que me preguntaron si quería un birote, ni siquiera me pude imaginar lo que sería eso, pero seguramente la expresión de mi cara les hizo saber que me había imaginado lo peor.

– ¿Biroteeee? –pregunté como si me estuvieran hablando sobre algo de otro planeta.

–Sí, es un pan largo –me contestó el mesero con su acento costeño.

El muchacho estaba un poco desconcertado pues no entendía el motivo de mi asombro.

–Bueno, se lo traigo y si le gusta pos se lo come y si no pos lo deja.

–Bueno –le contesté. Siempre y cuando se tratara de algo para comer estaba bien, pues para eso nosotros nunca nos hemos hecho del rogar.

Cuando regresó con el famoso birote, resultó que era exactamente lo mismo que nosotros conocemos como bolillo, nos atacamos de la risa y no dejábamos de repetir la nueva palabra que habíamos aprendido "birote". Lo más gracioso es que en otra ocasión y en otro lugar nos volvió a suceder exactamente lo mismo, nada más que esta vez nos preguntaron si gustábamos unos "torcidos".

Las malinterpretaciones se daban no sólo por el cambio de nombre de algunas comidas, sino también por la forma de hablar en los diferentes Estados.

Recuerdo cuando una niña que tendría unos once años de edad y que vendía collarcitos de piedritas de río hechos a mano me preguntó–: ¿Y cuál es su gracia?

Yo, sin pensarlo, le respondí:

–Pues a mí me gusta contar chistes –y le pregunté–: ¿Pero cómo es que tú sabes que me gusta hacerme la graciosa?

Ella se echó a reír cubriéndose el rostro con la mano izquierda, como si no hubiera querido reírse y sonrojada, como si no quisiera ofenderme, pensó las palabras antes de hablar y pronunció con más claridad como para no confundirme:

–Mi gracia es Xóchitl. ¿Cuál es su gracia?

Solté la carcajada por lo ridícula que me había yo escuchado y le contesté:

–Mi gracia es Patricia.

Después de despedirnos y de que ella me deseara que "Dios me acompañara", no quedó en mí más que el pensamiento de reflexión de aquella niña, quien tan pequeña, ya estaba ganándose la vida como decimos en mi pueblo, y quien además conservaba la pureza de las costumbres de su región.

Para otros, el uso de las palabras que se llegaban a malinterpretar los llevaba a problemas mayores, como le sucedió a mi hermano en un viaje que realizó con algunos amigos cuando decidieron parar a comer en una fondita. El día estaba bastante agradable así que decidieron sentarse en las mesitas que estaban afuera del pequeño lugar, todos pidieron algo de comer, después de un buen rato la comida arribó. Mientras empezaban a saborear sus platillos, mi hermano vio a la hija de la señito encargada de cocinar recargada en la pared de la entrada de la fonda y le dijo:

–Oye, sal por favor.

La chica se metió y en menos de lo que canta un gallo salió la mamá gritoneando:

– ¡Óigame! ¿Por qué le está diciendo a mi hija que salga? ¿Qué se cree? ¿Qué quieren que los corra? ¡Compórtense o se van a tener que ir!

Todos se quedaron completamente perplejos, mi hermano se defendió y le dijo que él no le había dicho nada, que solamente le había pedido que le trajera la sal.

En México a pesar de que el idioma que hablamos todos los mexicanos es el español, en cada Estado del País la gente usa palabras muy particulares, la combinación de estas palabras son como los ingredientes que se utilizan en la preparación de un exquisito platillo, y son como la sazón que se le agrega a tan rico idioma, así como se le hace también a los platillos de cada rinconcito del País que es lo que hacen a sus lugares únicos, de tal forma que se te queda el antojo de seguir conociéndolos para disfrutarlos.

México Tradicionalmente Hospitalario

Se dice por ahí que: "el que mucho se despide, pocas ganas tiene de irse", y es que, cuando uno llega de visita a algún lado y se siente tan a gusto en ese lugar, uno no quisiera que llegara el momento de la despedida, sobre todo si los factores que conforman ese momento están acompañados por una buena comida, una buena bebida y una buena charla, todo lo demás pasa a segundo plano, ya sea que esté lloviendo, que si la casa de los dueños es elegante y lujosa o pobre y sencilla, o si está situada con una vista hermosa o rodeada por muchas otras casas o departamentos, o si es humilde y con platos baratos, lo importante es la convivencia con esas personas y la experiencia de sentirse bien recibido. Una buena compañía es como una buena comida, se saborea poco a poco, se disfruta cada bocado y es difícil de olvidar; con el paso del tiempo, tal vez no recordarás lo que vestían las personas que te acompañaban, o los objetos que había alrededor de la casa, pero la bebida, la comida y la plática eso sí no se te olvida. Eso nos sucedía no sólo durante nuestros viajes alrededor de México, sino también durante visitas a familiares y amigos, amigos de los amigos y hasta a los eventos especiales de personas que ni conocíamos y que resultábamos ser invitados de los invitados, y es que, en México, es muy común hacer visitas no anunciadas, llegar solamente para "saludar" y te das cuenta de que realmente eres más que bienvenido por ese gesto que se demuestra con un alegre saludo, un fuerte abrazo y ese "quédense a comer" que nunca falta. Si resultaba que a los que visitábamos de sorpresa tenían un evento al que estaban invitados, nunca faltaba que nos dijeran que fuéramos con ellos, que a sus amigos, parientes o familiares les iba a encantar conocernos. A veces aceptábamos, a veces no, aunque nos insistieran, eso sí, dependiendo de la situación, porque a nosotros también nos enseñaron nuestros padres a no ser abusivos. Hay que recalcar que las personas más hospitalarias y a las que menos les importaba que fuéramos invitados de los invitados, o que llegáramos más bien de gorrones como es común decir en México, a sus bodas, quince años, bautizos o a cualquier otro evento que tuvieran, era precisamente a la gente más humilde, a la que no le importaba cómo íbamos vestidos, aquella que no pagaba un gran salón con comida de nombres extraños y bebidas que pintaban una imitación de las bebidas de los bares extranjeros y las cuales no se mezclan ni con tequila, pulque o mezcal, pero que eso sí, te ofrecían su amistad y su mole hecho en metate guisado por largas horas, del cual no paraban de insistirte que comieras más. En la despedida nunca faltaba que te pusieran un itacate para llevarte a tu casa y seguir saboreando esos ricos guisos con tus seres queridos.

Cuando compartíamos ese "itacate" con amigos y familiares, y relatábamos lo bien que nos habían recibido, no sólo volvíamos a vivir esos momentos, sino recordábamos con mucho cariño a las buenas personas que nos habían abierto más que su casa, en otras palabras, nos habían abierto su corazón. Cuando platicábamos de ellas, era como enviar una especie de oración mental, oración que no comentábamos pero que, de alguna forma, todos sentíamos. En esas pláticas nunca faltaba resaltar, aparte de la deliciosa comida, esa hospitalidad que distingue al pueblo mexicano y que no en muchas partes del mundo la tienen, y es que, aunque México se distingue por su riqueza en variedad de climas, paisajes, arquitectura y alimentos que componen la exquisita cocina tradicional, su imagen hospitalaria siempre ha sido un emblema que lo ha caracterizado a nivel internacional.

Recuerdo cómo se hablaba en esas pláticas familiares de los Juegos Olímpicos de 1968, en los que México fue anfitrión. Se decía que el pueblo mexicano empezó a obsequiar a los extranjeros que estaban visitando el País recuerditos con emblemas típicos como brochecitos de sombrerito de charro, o muñequitas de la china poblana, pulseritas de jarritos de barro y hasta discos de música de mariachi entre otras cosas. Estas acciones no estuvieron para nada organizadas, fueron espontáneas expresiones simplemente del gesto mexicano, demostrando su corazón hospitalario. Claro, también en esas Olimpiadas, los mexicanos se dieron a conocer a nivel mundial por sus ingeniosas ideas para distraer al enemigo. Recuerdo cómo se comentaba que algunos primos habían participado en aquellas serenatas interminables que les llevaban a los integrantes de los diferentes equipos extranjeros acompañados con unos tequilitas, con el propósito de desvelar a los jugadores que competirían al día siguiente con los seleccionados olímpicos mexicanos, esperando que con esto los mexicanos ganaran en esa competencia, si eso resultó o no, no lo sé, lo que sí sé es que México se ganó la medalla de oro como país anfitrión y el título internacional de País Amigo.

Los relatos se veían interrumpidos más de una vez por las carcajadas de los que estábamos alrededor de la mesa. Entre todas las anécdotas que se contaban, la que más se me ha quedado grabada es la narración de la clausura de esos Juegos Olímpicos en la que se dice que, tradicionalmente en dichas clausuras los contingentes que integraban cada Nación tenían que marchar muy ordenados y sin acercamiento alguno al público, el caso de México fue el único en la historia en que los deportistas no pudieron contenerse y en su última marcha algunos de ellos empezaron a correr alrededor del estadio mientras otros abrazaban a cuanto mexicano encontraban, muchos otros se subieron hasta las butacas y empezaron a abrazar al público mexicano. En ese último adiós, se veía cómo las emociones de los jugadores reflejaban una despedida a una Nación que los había acogido con mucho amor y los había hecho sentir realmente bienvenidos, a tal grado que, muchos de esos deportistas no pudieron contener las lágrimas y gritaban a los cuatro vientos ¡¡GRACIAS MÉXICO!!

Esa hospitalidad no es fingida, a mí me tocó vivirla más de una vez y no solamente cuando íbamos de visita, sino también cuando nos llegaban a visitar y, de la misma forma, no importaba si era o no una visita planeada o espontánea, siempre se le ofrecía a las visitas alguna botanita, una cervecita o lo que gustaran de beber. Si no había suficiente en la alacena, siempre había alguien a quien enviar al mercado a comprar algo para ofrecer aunque fuera tortillas y frijolitos y, si se podía, algo más, el caso era atender al invitado con los honores que se merece. ¿De dónde el mexicano sacó esa hospitalidad?, no lo sé, yo crecí viendo cómo mi mamá se desvivía por ofrecer deliciosos guisos mientras mi padre ofrecía la bebida y la plática.

El platillo que se les ofrecía a las visitas dependía del lugar de donde provenían, si venían de otro Estado, la comida tenía que ser algo tradicional de la región en la que vivíamos, algo que fuera para deleitar su paladar y que no fuera fácil de conseguir en su lugar de origen. Si sucedía que la plática se alargaba más de lo previsto, siempre había un espacio en la casa que ofrecer al visitante para que se quedara a pasar la noche, no importaba que hubiera algunas incomodidades para nosotros, así tuviéramos que dormir en el piso, cosa que hicimos más de una vez, pues entre despedida y despedida, la plática se extendía. Esto era el reflejo no sólo de lo bien que se la estaba pasando el visitante en nuestro hogar, sino también nosotros con su visita, dejando una satisfacción en nuestro sentir de haber sido unos buenos anfitriones sin esperar en absoluto algo a cambio y eso es algo que un verdadero mexicano lleva en la sangre, siempre dispuesto a ofrecer lo mejor de sí y muy bien representado con su bebida, su comida y su compañía.

¿De dónde vienes?

En cuanto se trata a la variedad de platillos y tradiciones, no me importaba ir aunque fuera a los lugares más simples, realmente era una gran alegría y todavía lo es, el sentirse bienvenido por la gente que es algo que no existe en muchos lugares del mundo, pero en lo que corresponde a México, la gente de verdad es hospitalaria de corazón y las frases, los platillos, los paisajes y las costumbres que enriquecen a México, son realmente increíbles. La variedad es tan extensa que tan sólo en un mismo Estado muchas veces lo que se produce y se consume en la parte norte es muy diferente a lo que se consume y se produce en la parte sur, eso es lo que caracteriza y distingue a cada uno de los Estados que conforman la República Mexicana, no importa en qué lugar de México se encuentre uno, basta con que mencionemos de dónde venimos y la gente del Estado que se visita no tarda en nombrar algo típico por lo que nuestro lugar de origen es conocido, sobre todo en cuanto a comida se refiere, hasta pareciera que esas personas son de mi familia, pero la verdad, ¿quién no gusta de disfrutar de sabores bien combinados?, lo cual es otra de las cualidades de muchos platillos mexicanos y cuando se tiene hambre, pues hasta más sabrosos saben. Así que, cuando uno va de visita a otro Estado, por lo regular la gente tiende a mencionar el platillo tradicional por el que ese Estado es reconocido. Así nos sucedió en una ocasión mientras visitábamos una pequeña plaza en Puerto Vallarta.

– ¿Y de dónde nos visitan? –preguntó el encargado de uno de los puestos de joyería.

–Venimos del Estado de Hidalgo –contestamos casi al unísono.

El señor inmediatamente dijo sin hacer ningún titubeo:

– ¡Ah! ¡La barbacoa de hoyo y los deliciosos pastes! Apenas anduve por allá el mes pasado, fui a una feria a mostrar la joyería típica de Jalisco y como hace tiempo que no iba, pues comí barbacoa de hoyo casi todos los días.

Yo pensé que nosotros éramos los únicos tragones en todo México, pero la verdad, ¿a quién no le gusta comer? sobre todo si los ingredientes de los platillos están tan bien combinados y envuelven la energía y el amor de las persona que los preparan, y a esto, agregarle la hospitalidad y la alegría que caracteriza al mexicano, pues por supuesto que una simple comida se convierte en toda una experiencia a la que uno le agrega su repertorio de memorias inolvidables.

–Pues ahorita a mí no se me antoja la barbacoa de hoyo –le contesté al joven de la joyería– nosotros vamos a ir a comernos unos tacos de camarón y un pescado al ajo a la fonda de Doña Hortensia, algo refrescante para este calor.

Cuando entré a la Universidad, decidí responder a un anuncio de periódico en el cual solicitaban estudiantes para compartir los gastos de renta de una casa. Esta casa se encontraba muy cerca de las instalaciones Universitarias y era común que la mayoría de las casas estuvieran habitadas por estudiantes de diferentes partes de la República Mexicana, al igual que por muchos otros estudiantes y profesores que venían de lugares tan lejanos como Guatemala, El Salvador, Bolivia, Argentina y hasta Rusia; esto me brindó la oportunidad de conocer no sólo costumbres y tradiciones de otros países, sino también me facilitó el experimentar otros sabores. Estas personas originarias de diversos lugares, traían consigo una buena cantidad de provisiones para preparar las comidas a las que ellos estaban acostumbrados. Si no fuera por esas experiencias, nunca me hubiera enterado de los alimentos más populares de ciertos lugares. Así fue como unas personas procedentes del Estado de Tabasco me introdujeron a su bebida tradicional, "el pozol", que es una bebida preparada con maíz molido y cacao. Para mí esta bebida resultó un poco pesada para mi estómago, sin embargo para ellos, no solamente era lo más refrescante y delicioso que podían tomar, sino que era algo que ya sus cuerpos demandaban porque estaban acostumbrados a tomarla desde niños. Esta bebida, según ellos, la heredaron desde la era prehispánica, por lo que se llenaban de orgullo al compartirla y al hablar de ella.

De la misma forma sucedió con algunos alimentos que nosotros les quisimos introducir a ellos, como fue el caso en que una amiga les compartió tepache, una bebida fermentada muy típica de la región, algunos no se atrevieron ni siquiera a probarla porque el simple olor que desprendía les causó asco y prefirieron quedarse con lo que a ellos si les sabía a gloria. Y mientras unos argumentaban los valores nutricionales entre una y otra bebida y se hablaba del famoso dicho: "a todo se acostumbra uno menos a no comer", para mí no había cosa más refrescante y deliciosa en un día caluroso que una fresca y jugosa tuna.

Compárteme tu vida

Eso de que sólo puedes comer ciertas cosas en determinados pueblos a veces no es tan bueno, o más bien no es tan bueno para las personas a las que nos encanta comer. Eso es lo que nos sucedió a Luz María (una amiga de la Universidad que estudiaba Contaduría) y a mí, cuando decidimos irnos desde la ciudad de Puebla a la ciudad de Cuautla Morelos en tren. Salimos muy temprano y sin desayunar. El trayecto no era largo, lo que lo alargó fueron las paradas que hacía el tren en cada pueblecito. No nos terminábamos de comer lo que habíamos comprado en la última estación cuando ya estábamos en el siguiente pueblo en el que los nuevos vendedores nos ofrecían diversas cosas que sabíamos eran típicas de ese pequeño pueblo y las cuales no íbamos a tener la oportunidad de volverlas a ver por el resto del recorrido, sobre todo con referencia a la comida, además daba la casualidad que lo que nos ofrecían no lo habíamos probado en mucho tiempo, ni tampoco era algo que nos hubieran ofrecido en el pueblecito anterior. Así que, con el refrán de: "aprovéchate Matías que esto no es de todos los días", le entramos duro y macizo al champurrado, los tamales, las chalupas, los dulces de camote, los huaraches y todo lo que nos ponían enfrente. A fin de cuentas, de lo que más me acuerdo de ese viaje es el dolor de estómago con el que llegamos a Cuautla Morelos. La familia de mi amiga Francisca nos estaba esperando a cenar y en lugar de acompañarlos a disfrutar la deliciosa cena que habían preparado para nosotras, terminaron haciéndonos un té de varias hierbas para la pesadez estomacal.

Al día siguiente nos levantamos como a las nueve de la mañana y nos ofrecieron algo de desayunar pero terminamos con té para no cargar al estómago nuevamente. Mientras tomábamos el té observé que la cocina no estaba sucia, parecía que nadie había desayunado.

Salimos a caminar como a las diez y me impresionó la variedad de flores tan hermosas que adornaban las casas y los parques, al fin y al cabo, por algo a la ciudad de Cuernavaca, la cual no está muy lejos de Cuautla, se le conoce como la ciudad de la eterna primavera y es que, el clima, realmente es muy agradable. Regresamos como al mediodía, una camioneta nos estaba esperando a la entrada de la casa de mi amiga Francisca, quien nos dijo que fuéramos por nuestro traje de baño pero que no hiciéramos mucho ruido porque su papá estaba durmiendo. Entramos a la casa muy sigilosamente. Me sentía como si fuera una intrusa, sin embargo, no pude evitar pensar cómo era que el padre de Francisca estuviera todavía durmiendo. Yo sabía que se dedicaba a la siembra de cultivos en las tierras que poseía, pensé entonces que como era su propio jefe, pues entraba y salía a la hora que quería y si decidía quedarse dormido en su casa todo el día, nadie le reprocharía, total, al fin y al cabo para eso era el jefe.

Salimos de la casa y nos metimos a la camioneta, un muchacho llevaba una guitarra y se pusieron a cantar canciones típicas de su Estado, cuando oía alguna canción que me sabía, me integraba a la cantaleta aunque fuera con mi voz desafinada. Paramos en un lugar en el que había sólo árboles, nos adentramos al pequeño bosque y caminamos un poco solamente. Llegamos a un río con el agua tan cristalina que podíamos ver los peces y las piedras en el fondo del agua. Era increíble que en tan hermoso lugar y además tan grande, hubiéramos solamente nueve personas divirtiéndonos como si fuéramos niños. Hubiese querido que nos quedáramos más tiempo pero el chilladero de mis tripas y la aproximación a la hora de comer nos interrumpieron la nadada.

Llegamos tarde, la comida, según escuché, se acostumbra servir exactamente a las dos de la tarde y media hora de retraso puso a Francisca un poco alterada. Llegamos y todos ayudamos a llevar a la mesa platos, cucharas, vasos, cazuelas con comida, las jarras de agua de fruta y el cesto con tortillas hechas a mano. El comedor era muy sencillo, pues solamente contaba con una mesa grande y las sillas alrededor, no había vitrina ni ningún otro mueble, sólo uno que otro cuadro familiar que era lo que adornaba a una de las paredes, ¡ah! pero eso sí, en la otra pared, colgaba un cuadro del general Emiliano Zapata con la frase debajo que hizo famosa: "La tierra es de quien la trabaja".

El padre de Francisca se encontraba en la cabecera del comedor, platicamos de lo que hicimos ese día, nos preguntó si ya se nos había quitado el malestar estomacal por andar de tragonas, reímos bastante. La familia de mi amiga resultó ser sencilla y muy hospitalaria. Al final de la comida todos hicimos algo para ayudar a ordenar la cocina. De ahí salimos al patio y jugamos diferentes juegos en familia, aunque lo que más nos entretuvo fue jugar voleibol con un globo. El padre de Francisca también nos acompañó pero no se quedó mucho tiempo, a las seis tenía que ir a checar los cultivos nuevamente y a estar un poco con los trabajadores, pero nos dijo que regresaría a las ocho para acompañarnos en la merienda. En cuanto se fue le pregunté a Francisca si después de la merienda su padre regresaría a los cultivos, ella me dijo que no, que por lo regular después de la hora de la merienda su papá se iba a su recámara a descansar. "Que padre es ser jefe" pensé dentro de mí.

Efectivamente, el padre de Francisca regresó a las ocho y para esa hora ya estaba listo el chocolate y unos panes en la mesa. El chocolate se sirvió en unos jarritos de barro pequeños, llenándolos solamente a la mitad y luego luego empezó la escogedera de pan, había ladrillos, cocoles y conchas. Por la cantidad de piezas de pan, era obvio que tocaba de un pan por persona, eso sí muy cordiales, dejaron que escogieran su pan primero las visitas. Durante la merienda Don Manuel nos preguntó qué era lo que más nos había gustado de Cuautla con lo poco que habíamos visto, por supuesto no parábamos de platicar del río y de la vegetación; volvió a salir a la conversación nuestro viaje en tren y otras anécdotas familiares. El padre de Francisca empezó a hablar de lo mucho que le gustaba vivir ahí, no sólo por el clima y por la belleza natural de su Estado, sino también por el honor y el orgullo que para ellos representa ser del mismo lugar que vio nacer al general Zapata, así como de lo privilegiado que se sentía de seguir ese legado de trabajar la tierra.

–No soy rico de dinero –dijo Don Manuel en un tono muy serio– pero la felicidad que me retribuye el trabajar la tierra, no se puede valorar en dinero, cada vez que regreso del campo me siento millonario.

–Sí papá, en cuanto salgamos de la Universidad te vamos a ayudar con los gastos y a ti y a mi mamá los vamos a mimar, bueno hasta les vamos a comprar una casa más grande y más tierras para que sigas sembrando –dijo Francisca tratando de bajar la seriedad de la plática.

Don Manuel la vio y casi sin contener la risa le respondió:

–No, si yo no quiero que me den, me conformo con que ya no me pidan.

Las carcajadas no se hicieron esperar y de ahí siguieron muchas otras anécdotas. Las risas no pararon hasta que finalmente casi a las diez de la noche el señor pidió disculpas pues tenía que retirarse a dormir, como todo un buen mexicano, nos dijo: "se quedan en su casa".

Ayudamos a levantar los trastes de la mesa y a limpiar la cocina. Nos preguntaron si queríamos salir a dar una vuelta por el pueblo, pero con todo lo que habíamos caminamos ese día y con la nadada, les dijimos que preferíamos ir a dormir. Nosotras nos acomodamos en la misma recámara que compartían las tres hermanas, quienes durmieron en una de las dos camas que había en la habitación mientras Luz María y yo compartimos la otra cama.

Sentí que no había pasado mucho tiempo desde que nos quedamos dormidas cuando unos susurros en medio de la oscuridad me despertaron, escuché algunos ruidos y me levanté para despertar a Francisca y alertar a la familia, pensé que algún ladrón se había metido a la casa. Me sorprendí cuando noté que no sólo Francisca sino sus hermanas no se encontraban en la cama, así que salí del cuarto y me di cuenta que se encontraban en la cocina, su papá ya había salido y ellas estaban preparando el desayuno. Mientras una empezaba a moler el maíz en el metate, otra se encontraba preparando una olla grande de frijoles y otra preparando un cafecito de olla que ya empezaba a aromatizar la casa. Me ofrecí a ayudarlas pero me dijeron que mucho ayuda el que no estorba y me pidieron que mejor me quedara sentadita.

En cuanto estuvieron los frijoles listos, empezaron a poner las tortillas en el comal para cocerlas y los huevos a la mexicana no se hicieron esperar, empezaron a comentar que faltaban unos cuantos minutos para que llegara su papá con los trabajadores. Mientras seguían preparando el desayuno, en la plática salió a relucir la jornada laboral de los campesinos, ellos se levantan mucho antes del amanecer para estar en la cosecha en la parte más fresca del día, me platicaron que por lo regular se van sin desayunar porque realmente no tienen hambre a esa hora, pero regresan como a las siete para alimentarse y era por eso que ellas estaban preparando bastante comida, porque por lo regular su papá invitaba a los trabajadores a la casa a desayunar los fines de semana como agradecimiento a su trabajo. Se toman aproximadamente una hora en desayunar, luego regresan nuevamente al campo, trabajan algunas horas y cada quien se va a su casa como a las once y media de la mañana. Ellos conviven con su familia, comen y descansan un buen rato. Después regresan al campo a trabajar otras dos o tres horas más y, finalmente, regresan a sus casas a merendar; se bañan, descansan y nuevamente al día siguiente reanudar su rutina.

– ¿Y por qué los campesinos no trabajan mejor las ocho horas seguidas para que no tengan que estar yendo y viniendo constantemente del campo? Así podrían pasar el resto de la tarde con sus familia –pregunté tratando de encontrar una respuesta lógica a ese tipo de vida que para mí resultaba algo complicada.

–Lo que pasa es que el campesino trabaja de acuerdo a los ciclos de la Tierra y a las leyes de la naturaleza –dijo Francisca de una manera que para ella resultaba más que clara– La siembra se realiza a determinado momento del día y, dependiendo de la cosecha que se realice, la recolección de los frutos también se lleva a cabo a determinadas horas. No todo se hace a la hora que se le dé a uno la gana, ¡pues si no son chilaquiles! También es bueno proteger a los trabajadores, pues laborar en las horas del día en que los rayos del sol son más intensos los agota y deshidrata, pero también es bueno que cuando uno trabaja, uno tenga tiempo de convivir con la familia; eso beneficia al trabajador porque éste se llena de energía al relajarse en familia, de la misma forma los hijos de los trabajadores disfrutan de sus padres durante las horas del día porque ya de noche todos están cansados y listos para ir a dormir.

Decidí no indagar más sobre cosas que no comprendía, seguramente mi desconexión con la tierra tendría mucho que ver con mi poco entendimiento sobre sus leyes.

Mientras desayunábamos continuamos con la plática sobre la vida de los campesinos, de repente salió a relucir la razón por la cual Francisca y sus hermanos estaban estudiando en la Universidad, no era nada más para tener una profesión, sino porque su padre no quería que sus hijos tuvieran la vida de campesino en la que su ingreso depende del clima, de plagas, de subsidios y de favoritismos de mercado, eso sin contar con el menosprecio que la gente de la ciudad tiene para con los que trabajan la tierra, no se les aprecia ni se les trata con el mismo respeto con que se trata a un doctor o a un abogado, los títulos pesan mucho y los que tienen un título hacen más dinero, tienen una vida más estable y menos dura que la de un campesino, argumentaba Don Manuel:

–Yo quiero que ustedes tengan una vida mejor –era lo que su padre les decía constantemente.

En ese momento yo le di toda la razón a Don Manuel pues, en realidad, ¿quién quiere levantarse temprano e ir a trabajar tan arduamente durante todo el día y al final de la jornada apenas tener lo suficiente para cubrir las necesidades básicas para sobrevivir?

En eso me quedé reflexionando todo el día hasta que partimos de regreso a la ciudad por la tarde. El regreso fue en autobús, durante el trayecto me pregunté: ¿Cómo serían nuestras vidas si los papeles se invirtieran y si los trabajadores del campo ganaran más que los trabajadores que obtienen un título universitario? ¿Sería que sólo así veríamos si la gente va a la Universidad de corazón porque realmente quiere ejercer esa profesión? ¿O solamente lo hace para tener un estilo de vida más estable? Veríamos si de verdad es por vocación o por conveniencia, si lo hacen realmente por ayudar a la sociedad o para vanagloriarse de una acumulación de papeles que los acrediten con la sociedad y los llenen de "respeto" y "resplandor".

El ruido de la ciudad me despertó de mis pensamientos, bajamos del autobús, en lugar de tomar un camión a la casa decidimos pagar un taxi. La comodidad del taxi, los edificios coloniales y el ambiente citadino me dieron a mí misma la respuesta, nuestra aventura al pueblo y la vida de campo eran bonitos desde lejitos y de visita, pero no creía que algún día yo pudiera acostumbrarme a esa vida tan simple y dura, aunque, tal vez si me ofrecieran una buena remuneración económica mi forma de pensar cambiaría.

Ingrediente Secreto (tu energía)

–Y entonces ¿podrás venir este fin de semana para ayudarnos? –me preguntó Lupita, otra de mis amigas de la Universidad que era originaria de un pueblecito del Estado de Puebla.

–Claro que sí, por allá nos vemos, voy a tratar de llegar el miércoles –le respondí sintiéndome un poco comprometida, tal vez por eso ella sentía que yo no estaba hablando en serio.

Era la temporada de la nuez de castilla y yo no estaba tan contenta de ir a ver a mis amigas ni mucho menos de ir a ayudar a pelar la nuez, pero para lo que sí estaba yo apuntadísima era para saborearme esos chiles en nogada que son una tradición y una deliciosura de nuestro México. Varias personas nos juntamos para ir a ayudar a la familia de Lupita porque la cantidad de nuez, de granada, de chiles y de todos los demás ingredientes que se necesitan para la elaboración de ese platillo son enormes, claro, yo no contaba con el gran número de personas que íbamos nada más a comer cuantos chiles pudiéramos. Las fiestas del pueblo son celebraciones que duran varios días, pero el sábado se esperaba que llegaran a comer una gran cantidad de personas porque es el día en que la mayoría de la gente descansa y llegan desde temprano para ser parte de los festejos del Santo Patrón del pueblo. Si no hubiera sido por estas chicas que eran mis compañeras en la casa que rentábamos cerca de la Universidad, yo nunca hubiera sabido de las tradiciones de esa región de Puebla y nunca hubiera probado los chiles en nogada más deliciosos que he comido.

Llegué un miércoles por la noche un poco cansada, me ofrecieron algo de merendar y platicamos un rato solamente porque al día siguiente nos teníamos que levantar temprano. Los preparativos ya habían comenzado desde el domingo. En este pueblo antiguo y pequeño donde todo el mundo se conoce, se desviven también por agasajar a los invitados que llegaban a ver las festividades del pueblo. En este lugarcito se despierta uno todavía con el canto del gallo. Los chiles poblanos ya se habían asado, pelado y desvenado, la granada estaba también lista. Ese día jueves estaba dedicado a seguir limpiando la nuez para la nogada mientras otras personas estaban encargadas de preparar el relleno para los chiles. Todo se dividía en partes, a mí me tocó la parte de sacar las nueces que se estaban remojando en un recipiente y quitarles el pellejito, era el trabajo más lento y tedioso, pero bueno, como éramos bastantes personas, al mismo tiempo que hacíamos lo que nos correspondía nos la pasábamos platicando de veinte mil cosas. Nunca faltaba de qué hablar, el trabajo se hacía menos pesado y el tiempo se pasaba rápido. Yo solamente veía la cantidad de nuez que todavía nos faltaba por limpiar, ya eran las cuatro de la tarde y nomás no veía para cuando fuéramos a terminar. Lo bueno de trabajar en grupo es que no importaba lo que faltara por hacer, porque mientras seguíamos haciendo nuestra labor, al mismo tiempo veíamos cómo las cazuelotas se iban llenando de chiles. Mientras unas picaban cebolla, otras freían los chiles rellenos, al mismo tiempo otras batían el huevo para capear los chiles y otras estaban preparando la nogada.

Nosotras seguíamos quitándole el pellejito a la nuez, ¡ah! pero no faltaba quien estuviera como jefa de control de calidad y viniera a decirme muy sutilmente que se me habían pasado algunos pellejitos y que tratara de que no se quedara ninguno en la nuez porque eso le cambia completamente el sabor a la crema de nogada. He de admitir que después de ocho horas no sólo la vista, sino también mis dedos ya no querían seguir realizando ese trabajo así me fueran a revelar el secreto más sagrado de la Corona Española, en ese momento dudaba que hubiera valido la pena el sacrificio de trabajar tanto a cambio de comer esos suculentos chiles en nogada. Ese día nos acostamos tarde. Al día siguiente teníamos que ayudar con la limpieza de la casa y a tener todo preparado porque las festividades empezarían a las siete de la mañana y se esperaban invitados a comer a partir de las tres de la tarde.

Mientras el pueblo se alistaba para los festejos nosotros barríamos, lavábamos trastes, limpiamos muebles y poníamos flores alrededor de la gran casa. Vimos las procesiones desde los grandes ventanales de la casa y por el portón entreabierto del patio de esa antigua vivienda. Para cuando terminé de bañarme y cambiarme todo lo que quería hacer era dormir. Al mediodía emprendimos camino para acompañar a la última procesión alrededor del pueblo y de ahí nos dirigimos a la Iglesia a celebrar al Santo Patrón del Pueblo. La misa duró aproximadamente hora y media, al final del sermón el padre anunció a los invitados que por favor no faltaran de visitar las casas y disfrutar de los deliciosos platillos que el pueblo ofrecía.

Salimos de la Iglesia y mis amigas casi corrían para llegar a atender a los invitados. Todo estaba tan bien organizado en forma de una línea de ensamblado. A mí me tocó ponerle a los chiles la granada y el perejil y a ayudar a llevar los platillos a las mesas. Cada vez que me pasaban un platillo para darle los toques finales, mi estómago me gruñía y mis pensamientos pecaminosos me insistían que les diera aunque fuera una mordidita. Aproximadamente a las cinco de la tarde llegó alguien a relevarme y finalmente pude comer, en ese momento todo se desvaneció a mi alrededor, si alguien me miró o quiso hacerme la plática, yo no vi ni oí a nadie. Disfrutaba cada bocado que se derretía en mi boca en una combinación de exquisitos sabores que parecían gratificarme por cada pellejito que tan pacientemente y por tantas horas le había quitado a las nueces. Y sí, ahí me di cuenta que había valido mucho la pena cada segundo entregado a la elaboración de tan suculento platillo y a la preparación de tan colorido festejo.

Al terminar mi comida regresé de mi viaje por el país de las maravillas a la realidad y me fui a relevar a alguien más. Al mismo tiempo que algunas personas terminaban de comer, otras ayudaban a lavar trastes, otras a preparar el café de olla y unas más a preparar el postre. Vi que las mesas se estaban quedando vacías y empezamos a guardar lo que había sobrado. No podía creer la cantidad de gente que había comido y todo lo que todavía sobraba de comida, estaba muy contenta porque parecía que tendríamos suficiente para llevarnos a nuestras casas, para comer por toda una semana y hasta para repartir y regalar.

Después de terminar de limpiar la cocina, nos dirigimos al pequeño zócalo del pueblo, estaba todo colorido y alumbrado. Por varios lados se escuchaban discos tocando música popular, había gente bailando, personas disfrazadas con máscaras de papel maché y de personajes tradicionales como la llorona, también había grupos tocando música tradicional mexicana y por supuesto no podía faltar la banda del pueblo. Las festividades continuaron toda la noche pero nosotros nos fuimos a la casa a las diez, yo hubiese querido no sentirme tan agotada para poder seguir disfrutando de las celebraciones.

Al día siguiente los ruidos y cuchicheos provenientes de la cocina fueron los que me despertaron, no tenía idea ni de qué hora era pero me imaginé que definitivamente era demasiado temprano como para que estuvieran haciendo ruido. Quería volverme a dormir, pero las carcajadas y el olor de ese café de olla que se filtraban a través de esas gruesas paredes, fueron más fuertes que mi sueño y me levanté.

–Buenos días, ahora sí se te durmió el gallo –alguien dijo mientras yo trataba de ubicar a alguien conocido.

La cocina era grande, la mesa acomodaba fácil a doce personas, pero ni me molesté en contar cuantas personas había no sólo sentadas, sino también comiendo paradas. Mi mirada se quedó observando el pan fresco del día y los tamales a los que todavía les salía el vapor indicando que no tenían mucho que los habían sacado de la vaporera. Alguien terminó de desayunar y me invitaron a sentarme, yo no tenía mucha hambre pues me acababa de levantar pero el olor del café y los tamalitos acariciaban mi olfato y me invitaban a no dejarlos pasar, así que decidí comer un tamal, un pan y tomar un café, y eso nada más porque no tenía hambre.

No hubo sobremesa, al menos para mí, pues apenas empecé a comer cuando unas mujeres llegaron, sus chales de lana gruesa indicaban que la mañana estaba todavía fría. Las invitaron a desayunar pero dijeron que ya habían comido algo en su casa y como se habían quedado hasta la media noche en las festividades, por eso se les había hecho tarde.

–Sí –alguien dijo–, ya son las siete y media.

–Madre santísima, ¿ya tan tarde? –se escuchó a alguien más decir y empezó una corredera que prácticamente me empujé a la boca lo que todavía quedaba en mi plato por terminar.

El pan y los tamales desaparecieron de la mesa y empezó la preparación de los dulces de camote. Había grandes expectaciones porque por la tarde el arzobispo llegaría al pueblo y no sólo comería en la casa, sino también les brindaría el honor de quedarse ahí. Nuevamente se iniciaron la repartición de actividades y a mí me tocó ayudarle a mi amiga a limpiar la recámara donde dormiría el arzobispo.

Cuando llegué a la recámara Lupita ya había empezado a quitar las sábanas que cubrían los muebles. La puerta de la habitación era de madera y desprendía un olor muy especial, era como si la madera estuviera todavía fresca, pero no era así, pues casi podía jurar que la casa era más antigua que el mismo Santo Patrón del Pueblo. Era de ese tipo de casas que tienen paredes tan anchas que a uno no le alcanzan los brazos para abarcarla, con techos tan altos que hasta otro piso se podría construir ahí mismo, con unos ventanales que van desde el piso hasta casi el techo y otros en los que el ventanal no llegaba al piso, más bien parecía que una banca estaba incrustada entre la pared y el ventanal y ahí uno puede cómodamente sentarse a tomar el sol, a leer un libro y, si se puede, hasta acostarse a tomar una siestecita. La habitación tenía acceso completo al patio, también desde ahí se podía observar y escuchar la fuente que estaba en el centro del patio, eso era lo primero que se veía cuando se abría el portón de entrada a la casa. La cama parecía del siglo pasado, de madera y labrados muy elaborados. Sólo había un armario frente a la cama que también era de madera, muy antiguo, alto y grueso. En la pared opuesta a los ventanales había una gigantesca cruz de madera y detrás de esa pared se encontraba el baño privado. Como no había casi nada de muebles en ese cuarto pensé que terminaríamos pronto, sin embargo no contaba con que se tenían que limpiar los altos techos, las rejas de hierro de los ventanales, las puertas de vidrio de los ventanales, las puertas de madera enormes que sirven para proteger a las puertas de vidrio, el baño de talavera el cual, aunque no era muy grande, la familia de Lupita procuraba que se limpiara y puliera cuidadosamente para preservar la talavera, y, a pesar de que el armario y la cruz fueron fáciles de limpiar, las maderas de la de la cama fueron todo lo contrario, la cabecera abarcaba casi toda la pared y tenía varios tipos de labrado al igual que los cuatro postes, uno en cada esquina de la cama, y requerían limpieza detallada además de lubricación.

Apenas si nos alcanzó el tiempo para limpiarlo todo, después de eso, nos bañamos y nos fuimos a la Iglesia y entre padres nuestros y aves marías, mi estómago me recordó que ya era tiempo de llenar el tanque nuevamente, pues lo que le había dado hace varias horas no había sido suficiente, sin embargo parecía que no íbamos a comer nada durante las siguientes horas, primero había que atender a los invitados. Terminada la misa corrimos de regreso para ver las procesiones desde la entrada de la casa mientras acomodábamos las mesas que darían paso a la preparación de los platillos para los invitados. La gente empezó a llegar, nuevamente me tocó adornar los platillos con granada y perejil, llevar los platos a las mesas y revisar que las jarras de agua estuvieran llenas.

El arzobispo llegó como a las dos de la tarde y se sentó a la cabeza del comedor, indicando que tenía un lugar especial como invitado, ya que la cabeza del comedor está destinada por lo regular para los hombres jefes de familia. Se le sirvió un vino que me explicaron era típico de la región y que no estaba preparado con uvas sino con una fruta que únicamente se daba por esos lugares y que era el mismo que usaban para preparar la nogada. El arzobispo pidió que todos hiciéramos una oración en agradecimiento a la hospitalidad de los habitantes del pueblo, de la comida que estábamos por recibir y por el amor y la paciencia de aquellas personas que habían colaborado en la preparación de dichos alimentos. En ese momento pensé en lo poco que me merecía recibir aquella oración porque yo no sentí haber puesto ni amor ni mucho menos paciencia en lo que hice, sobre todo con esos tediosos pellejitos de la nuez. En cuanto la oración terminó, todo volvió al corre y corre nuevamente.

– ¿Tú crees que haya dicho eso por algo en especial? –Oí como la encargada de poner la nogada en los chiles le preguntó a la señora que estaba a su lado.

–No creo, –contestó la señora– ya ves que aquí no dejamos que nadie que venga enojado o de mal humor guise.

Nunca antes me había percatado de eso, en ese momento pensé en si habría algo de cierto en esa frase mexicana que se utiliza para cuando a alguien le queda la comida muy picosa o mal hecha: "Se nota que está usted enojada" o "se nota que no está usted de buenas". Las señoras siguieron platicando y mencionaron la ocasión en que en alguna boda la gallina del mole nunca se coció y dijeron que había sido porque a la pobre gallina no se le habían dado los rituales debidos para prepararla para la muerte ya que a la familia de la novia se le había hecho tarde para el casorio. Le atribuían lo dura de la carne a la tensión por la que pasó la gallina al haberla despertado de golpe y a la muerte tan brutal a la que había sido sometida. Se carcajearon al recordar que nadie podía masticar esa carne tan dura y muchos invitados se salieron discretamente de la boda. Lo mismo hicieron los novios, ellos pusieron como excusa que tenían que ir a firmar unos papeles al juzgado. Lo gracioso es que todos se fueron a encontrar en el puesto de tacos que se encuentra casi a la salida del pueblo quesque para que nadie los viera. Acabaron por contagiarme y yo también me estaba carcajeando, la risa era tanta que de repente nos veíamos, no nos podíamos contener y nos echábamos a reír nuevamente. Otras personas que estaban cerca se empezaron a contagiar de vernos reír, sobre todo cuando vieron que ya no podíamos contenernos y hasta se nos empezaron a salir las lágrimas. Tres mujeres llegaron a reemplazarnos y nos pidieron que nos fuéramos a la parte trasera de la casa.

Cuando finalmente nos tranquilizamos les comenté –¡ah! o sea que para que nos den chance de descansar tenemos que enojarnos, reírnos como locas o decir que hemos hecho algún coraje o que estamos amuinados de algo o con alguien.

–Lo que pasa es que todo eso se le transmite a la comida –contestó una de ellas tratando de evitar nuevamente reír– porque como te sientas, de tu cuerpo brota ese sentir y de tus dedos emergen esos sentimientos, es decir como te sientas, así sea triste o contenta, lo transmites a lo que tocas y pues por eso hay que tener cuidado a dónde come uno, o luego uno termina con un chorrillo que pa qué te cuento.

– ¿Pero y la risa no es buena? ¿Por qué nos sacaron si estábamos rete contentas? –les pregunté casi volviéndome a carcajear tan sólo de acordarme –. Si la risa es reflejo de estar feliz, pues qué mejor que contagiar a la comida con esa felicidad para que todos estén contentos, les comenté.

–No, esas carcajadas más bien parecían de borrachas –contestó la misma mujer– ya estamos tan cansadas que hasta porque pasa una mosca nos reímos, más bien parecía que estábamos delirando, eso tampoco es bueno porque quiere decir que ya ni estamos poniendo atención a lo que nos tocó hacer.

Yo quise insistir queriendo defender mi punto de vista.

–Ay pero qué tanto es echar la nogada, la granada y el perejil encima de los chiles, ¿cómo podemos arruinar el platillo?

–A lo que ella se refiere, es a que cuando haces algo tienes que estar ahí y no en otro lado, ¿cómo te explico?, o sea que lo que tienes que estar haciendo, lo haces sabiendo que lo estás haciendo, no que estás haciendo algo pero estás pensando que estás con el novio o que tienes muchas cosas por hacer. El caso es que con tu pensamiento estás en cualquier otra parte menos en estarle poniendo granada y perejil al plato, o sea que lo estás haciendo como si fueras un robot y no una persona, y es que, cuando le estás agregando los ingredientes al plato, le estás agregando también parte de tu ser, le pones tu granito de arena pero con amor –dijo la otra mujer.

–Es como el ejemplo de los rezos –recalcó la otra señora– hay personas que cuando rezan se saben muy bien los rezos de principio a fin, pero solamente los repiten como si fueran pericos como dicen por ahí, sin sentir lo que están diciendo, y cuando uno reza, uno tiene que sentir lo que se está diciendo.

Yo solamente hice como que sí les entendí, aunque dentro de mí no estaba de acuerdo con lo que ellas decían, pues desde mi punto de vista no se requería de una gran ciencia para hacer lo que a mí me había tocado y por lo tanto, no necesitábamos de mucha concentración para agregarle la nogada, la granada y el perejil a los chiles.

Regresamos a la casa y finalmente nos pudimos sentar a comer, ya era tarde y la mayoría de la gente ya se había ido al zócalo a disfrutar de los festejos. Por alguna razón esta vez los chiles en nogada me supieron mil veces más sabrosos que el día anterior, hice el comentario y las hermanas de Lupita me dijeron que era porque los sabores se concentraban más conforme iban pasando los días. Esta vez al pasar por la cocina me di cuenta que la cantidad de chiles había disminuido drásticamente y me preocupé al pensar que no habría suficientes para que me pudiera llevar un buen itacate.

Nos fuimos al zocalito a seguir con los festejos, esta vez las celebraciones y la cantidad de gente era diez veces más que el día anterior. Se oía la música, los bailes, fuegos artificiales y entre tanto alboroto a mí me dio por regresarme a la casa, estaba muy cansada y todo lo que quería hacer era dormir.

Al día siguiente sí escuché al gallo y para cuando me estaba vistiendo ya se oían murmullos que provenían de la cocina.

–Buenos días –saludé y me contestaron casi en una sola voz.

– ¿A qué hora te piensas regresar que te has levantado tan temprano? –me preguntó mi amiga Lupita desde el otro lado de la cocina.

–No es por eso que me levanté temprano –le contesté– es que hoy sí dormí muy bien.

– ¡Ah!, lo que pasa es que el arzobispo quiere que almorcemos hoy todos juntos, ¿crees poder quedarte? –volvió a preguntar Lupita muy de prisa.

Yo asentí con la cabeza mientras observaba que ella y otras personas estaba preparando bandejas de pan de dulce, huevos a la mexicana con rodajas de aguacate y cebolla y acompañados por frijolitos fritos y tortillitas hechas a mano que todavía estaban sacando del comal. Me invitaron a acompañarlas a llevarle el desayuno a los padres y al arzobispo a la Iglesia pero preferí quedarme en la cocina con la mamá de Lupita y la señora que les ayudaba.

La plática la inició Doña Ángeles, quien comentaba lo orgullosa que estaba de que sus hijos siguieran las tradiciones que a ella le habían inculcado sus abuelos, me dejó saber lo satisfecha que le hacía sentir poder ser parte de esa comunidad llena de gente de bien y de siempre contar con alguien para lo que a ella se le ofreciera. Ella era dueña de una gran propiedad de tierras que le habían heredado sus abuelos, se dedicaba a sembrar la tierra y le encantaba también cultivar las flores del jardín de su casa. Su esposo había muerto hace mucho tiempo, ella tuvo que dedicarse a sacar a sus hijos adelante y a dirigir las cosechas. Yo sabía que la habían tratado de obligar a vender sus tierras más de una vez los machistas ejidatarios, pero ellos no contaban con que ella, mientras estuvo casada, había ayudado a mucha gente del pueblo quienes se convirtieron en sus guardianes cuando la vieron sola con sus hijos. Los grandes señores le decían que ella no podría sola con todo, que le convenía mejor venderles sus tierras a ellos, que le pagarían muy bien. Mientras ella hablaba con los trabajadores y les explicaba el por qué tenía que vender, los trabajadores la convencieron de no hacerlo y se ofrecieron a trabajar a cambio tan sólo de los alimentos con tal de que no vendiera. Por eso era tan querida en el pueblo y ella, a su vez, había aprendido mucho de los campesinos.

–La tierra es la única que te ofrece una recompensa inmediata, es la única que te brinda el ver realmente los frutos de tu trabajo y, el cuidado y el amor que le pones a la tierra, también se ve reflejado en esos frutos. A las plantitas hay que cuidarlas y quererlas porque son las que van a formar parte de tu cuerpo y de tu sangre. A veces nos dejamos deslumbrar por otras cosas, pero la conexión que uno tiene con la tierra y con los frutos que ésta nos ofrece, es realmente inigualable, porque ambos nos alimentamos. Pareciera que las plantas se alimentan solamente de los nutrientes de la tierra, pero no es así, las plantas también se alimentan de la energía de quienes las cuidan y las ayudan a crecer. Del mismo modo, nosotros nos alimentamos de ellas de muchas maneras, al comerlas claro está pero, aunque muchos no se percatan de esto, también nos alimentamos al verlas crecer, al ver cómo sus hojas se bañan con los rayos del sol y el agua de la lluvia, nos nutrimos al ver cuando nacen sus flores, de sus colores tan radiantes que nos alegran el alma y también al ver nacer el milagro de sus frutos, los cuales muchas personas dan por hecho que siempre los van a tener. La Madre Naturaleza es muy sabia, por eso hay que rendirle respeto y cariño, porque no importa si uno tiene una casa grande y lujosa, un carro último modelo o ropa que esté muy de moda, si uno no tiene qué comer, lo demás, de verdad, pasa a tener muy poca importancia. Por comida ha muerto mucha gente, unos la acaparan y no la comparten, prefieren que se eche a perder antes de regalarla, otros la dañan a propósito sólo para hacer daño a otros. Unos más explotan las tierras forzándolas a producir más y más, con el único objetivo de enriquecerse y es que, esto de la siembra es un proceso de cuidado y cariño mutuo. Cuando el General Zapata decía que: "La tierra es de quien la trabaja", sabía muy bien lo que decía porque no nada más se refería a la propiedad de tierras sino a esa conexión que existe entre la tierra y los que la trabajan, y eso es algo que nadie nos puede quitar.

La plática se vio interrumpida por la llegada de las muchachas que regresaban de la iglesia. Preguntaron sobre qué estábamos platicando y la señora les hizo un breve resumen de la conversación.

Lupita hizo el comentario de que a ella sí le gustaba la siembra pero que su vocación era trabajar en una industria grande en la que se produjeran medicinas para ayudar a la gente. Entre algunos intercambios de puntos de vista, la señora insistía en que si la gente en general dedicara una parte de su tiempo a sembrar y a cuidar los cultivos, cualquier profesión que eligieran la desempeñarían más responsablemente, con respeto, cariño y una conciencia más orientada al cuidado de la tierra y a los productos que ésta nos ofrece. Para ella la fundación de toda educación radicaba en conocer primero lo que te forma a ti y a tu cuerpo. A pesar de ser una persona casi sin nada de estudios, pues solamente había terminado la escuela primaria, dijo algo que yo nunca había escuchado antes, había oído de ese personaje pero no de esa frase. Doña Ángeles hizo hincapié sobre lo que ella conocía:

–A pesar de que los médicos son muy importantes en ciertas circunstancias, hubo un filósofo muy sabio hace muchísimos años, su nombre fue Hipócrates, él es considerado el Padre de la Medicina y dijo: "Deja que tus alimentos sean tu medicina y que tu medicina sean tus alimentos", y yo sí creo que una vida sana y una profesión sin corrupción sólo se logra si la gente valora, respeta y si le dedica un poco de tiempo a conocer la nobleza de la tierra.

Yo no participé mucho en la plática ya que, a lo más que había llegado yo con respecto a tener algo que ver con algún cultivo, fue cuando asistí a la escuela primaria, en donde en una clase de ciencias naturales nos dejaron realizar un proyecto de sembrar un frijol para que viéramos como germinaba, pero ese fue mi único acercamiento a ver crecer y cuidar de una planta, por cierto, cuando se terminó el proyecto, no supe lo que pasó con esa planta.

Después de desayunar y de limpiar la cocina nos alternamos para bañarnos y salimos después al zócalo a seguir viendo los festejos. Regresamos al mediodía a la casa nuevamente a preparar los chiles en nogada. Esta vez los platos ya preparados se pusieron en las mesas, en cuanto llegó el arzobispo todos pasamos a sentarnos para la última comida que daría conclusión a las celebraciones. A mí me tocó sentarme cerca del arzobispo y entre una y otra pregunta que le hizo a diferentes personas, finalmente llegó a mí, me preguntó si sabía el origen de los chiles en nogada, justo me agarró cuando estaba por meterme el bocado a la boca, en ese momento ya no me supieron tan ricos esos chiles, jamás se me había ocurrido que alguien algún día me preguntaría si sabía el origen de lo que estaba yo ingiriendo. Me puse nerviosa al ver todas las miradas sobre mí en espera de una respuesta.

–Pues, yo sé que es un platillo típico de Puebla y que es muy rico –las risas no se hicieron esperar.

El arzobispo me dijo que era bueno conocer el origen de los platillos, sobre todo de los típicos, porque eran parte de nuestra cultura Mexicana y uno nunca sabía si esa información algún día podría ser importante para alguien, incluso para transmitirla de generación en generación, o por si tal vez algún día nos encontramos con personas de otro país y nos llegaran a preguntar sobre ese origen, así como también, en general, el alimento que entra a nuestro cuerpo pasa a ser parte de nosotros y siempre es importante saber lo que uno se está metiendo a la boca. El arzobispo empezó su narración sobre el origen de los chiles en nogada tras refrescar sus labios con un poco de vino que bebió en pequeños sorbos:

–Pues existen varias leyendas, una habla de que cada vez que el enviado de la Corona Española llegaba de visita, se le ofrecían platillos con ingredientes típicos del Estado y por supuesto, que estuvieran de temporada. Aunque ya había comienzos de importación y exportación de productos, los españoles seguían en su búsqueda de nuevos sabores con la finalidad de llevarlos de regreso a España, sin embargo, muchos de esos productos agrícolas no sobrevivían el trayecto y solamente los describían en los escritos que eran enviados a la Corona Española. Se dice que en los conventos, las monjas tenían que ingeniárselas para combinar los productos que llegaban de España con los que se encontraban en la región en donde estaba establecido el convento. La tradición de los chiles en nogada resultó de esa combinación, además de que tenían como privilegio el preparar el platillo para celebrar el cumpleaños del Cardenal que llegaba y que entre sus exigencias se encontraba el no repetir el platillo de los cumpleaños anteriores, fue así como surgieron no solamente los chiles en nogada, sino también otros deleites típicos, como el mole poblano, los dulces de camote, el rompope, etcétera. Claro, existe también la leyenda en la que se dice que fue al emperador Agustín De Iturbide al que se le preparó este platillo para festejar su cumpleaños cuando llegó al Estado de Puebla, y bueno, existen muchas otras, pero eso sí, la mayoría de los platillos eran preparados en los conventos por las monjas, y en este caso, se requería que el platillo fuera nuevo y que llevara los colores representantes de la Bandera Mexicana, es así como la crema de nogada representa el blanco, la granada el rojo y el perejil el verde. El relleno de los chiles está compuesto, además de la carne molida, por frutas picadas de la estación, pasas y canela.

Me saboreé los últimos bocados de mi chile en nogada mientras el arzobispo daba gracias por esta reunión esperando que se volviera a repetir el siguiente año. Así me despedí de los deliciosos chiles en nogada que no se volverían a saborear hasta la siguiente temporada de nuez. Después de ayudar un poco a recoger la mesa, decidí salir a caminar para ver los últimos festejos del pueblo. Le di la vuelta al pequeño zócalo, la mayoría de los puestos estaban ya empacando la mercancía y había poca gente. Decidí caminar entre las calles empedradas. Los portones grandes de las casas estaban abiertos y muy poca gente se encontraba adentro, aun y cuando se veía que ya estaban limpiando las mesas, había personas que todavía estaban entrando a algunas casas.

Me acerqué a un portón para curiosear y escuché una voz tras el portón que me dijo –pásele por favor, siéntese y cómase unos chiles en nogada.

–No gracias –le contesté–. Acabo de comer en la casa de una amiga, pero, ¿cualquiera puede entrar a cualquier casa a comer? –pregunté, un tanto desconcertada.

–Sí, claro, es la fiesta del pueblo y usted puede comer en la casa que usted guste, todos son invitados especiales del pueblo y ésta es una forma en que los habitantes les agradecemos que hayan venido a compartir con nosotros las celebraciones de nuestro Santo Patrón.

Tras darle las gracias, me despedí y caminé de regreso a la casa de Lupita. Sonreí al pensar que no tenía que haber estado ayudando a la preparación de tan laborioso platillo para haberlo podido disfrutar, muy bien pude haber ido al pueblo, ver todos los festejos y haber disfrutado de ese platillo tan exquisito metiéndome a cualquier casa. Aunque en realidad la experiencia había sido única, solamente el tiempo me ayudaría a comprender y a valorar esos momentos tan especiales en los que compartí una parte de mí con una gran cantidad de personas, aunque muchas de esas personas y yo, nunca llegamos a cruzar ni siquiera una sola palabra.

Te comparto de lo mío

Varios meses después mi amiga Lupita vino de visita a la casa de mis padres, llegó lamentándose porque le dolía mucho el estómago. La pasamos inmediatamente a la recámara y ahí, entre mujeres, nos confesó que así se ponía cada vez que le estaba por llegar la menstruación, le dolía mucho el vientre, la inflamación le impedía abrocharse los pantalones y pues, como había venido sentada por más de tres horas de trayecto, eso le había causado que se le inflamara el vientre más de lo de costumbre.

Mi mamá llegó con un té de ruda –es buenísimo para a inflamación y los dolores menstruales –decía mientras le insistía que se lo tomara.

El sabor no le agradaba mucho a Lupita pero su dolor era mucho más fuerte que el desagradable sabor del té y se lo tomó de un jalón; la dejamos descansar y nos salimos de la recámara. Después de dos horas, mientras nosotros veíamos un poco de televisión, Lupita nos sorprendió al aparecerse en la sala, estaba como nueva y decía que tenía que llevarse mucha de esa hierba porque ella había sufrido de dolores terribles de menstruación desde que le llegó la regla por primera vez y nunca se había sentido tan bien como en ese momento. Claro que precisamente en ese momento lo que nosotros estábamos por hacer era irnos a dormir porque ya era tarde. Le preguntamos si quería quedarse a ver un poco de televisión, estaban por pasar una película de Pedro Infante: "Nosotros los pobres". Ella dijo que nunca la había visto, nos volvió a sorprender con su respuesta, ¿cómo era posible que una película tan arraigada a la sangre Mexicana ella nunca la hubiera visto? Continuó diciendo que en su casa apenas habían comprado una televisión pero como estaban tan acostumbrados a no tenerla, pues se les olvidaba encenderla. En fin, como nosotros casi casi nos sabíamos esa película de memoria, nos fuimos a dormir y ella se quedó viendo la película.

Los sollozos nos despertaron en la mitad de la noche, nos preguntamos unas a otras quién estaba llorando, Lupita finalmente confesó que la película no la había dejado dormir, que le había gustado mucho, pero que había estado muy triste y alegre a la vez. Empezamos a hablar de la secuencia de la película titulada "Ustedes los ricos" y de otras películas de Pedro Infante con Luis Aguilar. También recordamos películas de risa de estos y de otros actores mexicanos como Tin Tan, Cantinflas y el Piporro; entre uno y otro comentario de lo sucedido en varias escenas graciosas reíamos a carcajadas, finalmente Lupita pudo olvidarse de su tristeza, se durmió y nos dejó dormir.

En los días que se quedó, la introdujimos a nuestra comida tradicional, los pastes, la barbacoa de hoyo, los tlacoyos, los chiles rellenos de queso de mi mamá y sus famosas tortas de papa, así como también, los huazontles capeados y esa sopa de tortilla en la que la rama de epazote no puede faltar para darle ese sabor tan especial. La última comida estuvo acompañada de unos mixiotes de pollo con frijolitos de olla y un agua de limón. En la plática salió cómo muchos platillos estaban reservados exclusivamente para ocasiones muy especiales como bodas, quince años y bautizos. Lupita mencionó que en Puebla exactamente era lo que se acostumbraba cuando se hacía el mole, como era muy laborioso el proceso, pues requerían de la ayuda de varias personas al igual que sucedía como cuando hacían los chiles en nogada que estaban reservados exclusivamente para celebrar al Santo del Pueblo.

Los viajes de mis padres

Mis padres empezaron a hablar de los viajes que habían realizado por la República Mexicana y los recorridos por diferentes Estados, de la variedad de plantas, frutas, vegetales, costumbres y tradiciones de cada región.

–A nosotros nos tocó ver Cancún cuando todavía no había hoteles –platicaba mi papá– un niño que tenía como unos once años nos guío para llegar a la playa de Cancún, en aquellos tiempos no había carretera que llegara hasta la playa, así que tuvimos que dejar el carro estacionado y caminamos un buen tramo que estaba lleno de vegetación, llegamos a la playa y nos quedamos sorprendidos con el color verde turquesa del mar y la arena blanca que estaba tan finita que parecía talco. Al acercarnos había unas pequeñas lagunas en forma de herradura que el mar había formado y en las que había peces de diferentes colores. Nos sentamos en las lagunas, las olas llegaban bastante suavecitas ahí y veíamos cómo los peces de colores nos pasaban por entre las piernas, parecía que estábamos en una tina de baño con el agua calientita. La verdad es que sí merecía el nombre que los habitantes le habían dado, ellos la llamaban "Playa Paraíso" y la verdad es que sí parecía un paraíso. Ahí nadamos por un buen rato, el agua era tan clara que se podía ver el fondo del mar repleto de la arena blanca y los peces de colores por donde fuera que pasáramos. El calor se empezó a hacer tan intenso que en cuanto salíamos del agua se nos secaba la ropa, el niño nos dijo que nos atajáramos entre la vegetación, ahí estuvimos sentados admirando el color del mar. El niño nos ofreció algo de beber y le pregunté que como qué, pues pensé que estaba bromeando, él dijo que agua de coco, volteé la mirada y vi algunas palmeras y le pregunté si a poco se subiría hasta allá arriba por los cocos, él se rió y me dijo que no, que él los iba a buscar de los que ya se habían caído, que estuvieran frescos y que no estuvieran dañados. Se fue y regresó muy rápido, con él traía una piedra que estaba algo afilada, parecía cuchillo, la clavó en los cocos con una agilidad que los hoyos que les hizo a los cocos eran suficientes para disfrutar de la deliciosa agua fría que nos refrescó hasta el alma. Después de terminarnos el agua, el niño chocó los cocos uno contra otro en sus manos hasta partirlos y nos los ofreció para comernos la carne del coco como él la llamaba, con el hambre que traíamos nos comimos casi hasta la cáscara del coco. Ahí nos quedamos descansando un buen rato y luego caminamos de regreso al carro. Le agradecimos su compañía y su servicio, le di una buena propina, el niño vio el dinero en su mano un poco decepcionado, le pregunté si le parecía poco lo que le había dado y me dijo: "¿No tiene mejor unos dulces o una ropita o un juguetito?" Afortunadamente sí llevábamos unas botanas que habíamos comprado en una gasolinera en la última parada que habíamos hecho durante nuestro trayecto. Le dimos unas papitas, unos cacahuates, dos playeras mías y un carrito de juguete que encontré en la cajuela, se puso tan contento que nos agradecía mucho y nos decía que no nos olvidáramos de él, que si algún día regresábamos, él volvería a ser nuestro guía. "¡Uuuuy de aquí a que regresemos! Nosotros venimos de muy lejos, nos tomó muchas horas de camino venir por estos lugares, pero claro que sí, si regresamos algún día vamos a venir a buscarte", le dije felicitándolo al mismo tiempo por ser tan pequeño y por tener tanto entusiasmo, él me quiso regresar el dinero y le dije que no, que eso era para él. El niño puso el dinero en mi mano firmemente y me dijo: "no, gracias, es que eso a mí aquí no me sirve para nada." Lo que son las cosas, ahora Cancún es una de las zonas hoteleras más grandes que existen en México. Me pregunto que estará haciendo ese niño en estos momentos.

Hubo un pequeño silencio en el que siento que de alguna forma todos reflexionamos en lo que sería la vida de ese niño y le enviamos una pequeña oración individual y al mismo tiempo colectiva.

–De regreso nos quedamos en Mérida y por supuesto, tuvimos que comer la famosa cochinita pibil que es el platillo típico de Yucatán –continuaba mi papá su relato– está preparada con achiote y naranja agria, esa naranja es también típica de la región, es como nuestra naranja pero su sabor es agrio, también nos contaron que esta fruta era muy apreciada por los mayas por sus propiedades curativas, yo no sé si sea eso cierto o no, lo que sí sé es que esos taquitos de cochinita estaban bien ricos. La cochinita la hornean de la misma manera como nosotros horneamos nuestra barbacoa, en un hoyo que se hace por debajo de la tierra, pero en lugar de cubrir el hoyo con pencas de maguey, lo cubren con hojas de plátano, por cierto dicen que pibil quiere decir en maya "enterrado".

–Deberíamos hacerla algún día –interrumpió la plática uno de mis hermanos.

–Eso estaría bueno, nada más tendríamos que traernos la naranja agria, las hojas de plátano y a alguien para que nos enseñe a guisarla –soltamos la carcajada que duró sólo unos segundos porque queríamos seguir escuchando el relato de mi padre quien continuó:

–La verdad es que en nuestros viajes nos ha tocado probar de todo, yo creo que solamente así se da uno cuenta de la variedad de la riqueza natural que tiene México. Tan sólo en ese recorrido conocimos el pescado típico de la región que le llaman boquinete, la chaya que es un arbusto y sus hojas verdes se usan en diferentes platillos y bebidas, dicen que era uno de los alimentos más comunes entre los mayas, también como la maracuyá que igual se conoce como fruta de la pasión. En Campeche nos dieron una bebida hecha con chaya y piña que sabía bien rica y refrescante para el calor. También conocimos la pitahaya, que es una fruta grande, del tamaño de una toronja, tiene un color violeta bien bonito, tan bonito que cuando nos sirvieron el agua de pitahaya, los vasos parecían los atardeceres en la playa.

– ¿Atardeceres en la playa? –Interrumpió mi mamá–, así los veías por tanto mezcal que le estabas poniendo al agua.

Todos soltamos la carcajada y después mi padre continuó su relato:

–De verdad que uno se sorprende con todo lo que la naturaleza nos ofrece, México tiene tanta variedad que no es posible que uno pueda morirse de hambre en este país, aunque en estos últimos años muchas cosas se han dejado de consumir y hasta están desapareciendo de las cocinas tradicionales.

Se hizo un silencio alrededor de la mesa como si no hubiera respuesta a ese dilema y aceptando resignarse a algo que nunca tendría remedio.

–Es su responsabilidad tratar de conservar lo que puedan y continuar esas tradiciones con sus hijos, no les nieguen ese privilegio –recalcó mi padre y continuó–, si tan sólo aquí en Hidalgo tenemos una gran riqueza en alimentos como la tuna, el nopal, los escamoles, el huazontle, el alberjón, los quelites, los chinicuiles, los capulines…

La plática se vio interrumpida cuando oímos el silbato del carrito de dulces. No era un carrito en sí, era más bien una bicicleta que había sido transformada a una especie de triciclo al revés, o sea que las dos llantas estaban por la parte de enfrente del manubrio y una llanta atrás, sobre las dos llantas había una cajón de madera muy rudimentario en donde el vendedor mantenía los dulces de temporada. Mi papá nos dio dinero, nos pidió que le trajéramos a él una alegría y que nos compráramos algo para nosotros, salimos corriendo. Cuando el señor del carrito abrió el cajón de los dulces era difícil decidir un sólo dulce entre tanta variedad, ente mis dulces favoritos estaban las cocadas hechas por supuesto de ralladura de coco, las palanquetas hechas de miel y cacahuates, las alegrías hechas de amaranto y miel, también a veces las obleas, lo único que no me gustaba de éstas era lo pegajoso de la cajeta que a veces se quedaba en mis manos, aunque su sabor me encantaba. Desafortunadamente sólo nos tocaba un dulce por persona. La selección se hacía más difícil porque el señor de los dulces pasaba solamente una vez por semana, ya fuera los viernes o los sábados después de las cinco de la tarde y no siempre nos dábamos el lujo de comprarlos, en esta ocasión solamente porque teníamos visita y, como buenos hospitalarios que somos, siempre hay que alagar a las visitas.

Para nuestro diario vivir, lo que más acostumbrábamos para endulzarnos la vida estaba colocado sobre el frutero, el cual siempre cumplía esa función de mostrar la variedad de la fruta de temporada en la mesa del comedor y siempre al alcance de la mano. Por la fruta que contenía ese frutero, era más fácil saber en qué estación del año nos encontrábamos, siendo esto un valioso dato para recordar sucesos memorables de nuestra vida familiar; reafirmar en la mente que había sido diciembre cuando mi hermano perdió su primer diente al comer una mandarina, o marzo cuando operaron a mi hermana de las anginas y no pudo comer las ricas fresas con crema, preparadas con las deliciosas y jugosas fresas provenientes de Irapuato.

Por la cercanía que teníamos con Veracruz, en el frutero nunca faltaban los plátanos. Claro, también había frutas que nunca se ponían en el frutero, como la tuna, que, con esas pequeñas espinas que tiene a veces era más fácil comprarla ya sin cáscara y mantenerla en el refrigerador. La fruta en la casa no sólo tenía el propósito de endulzarnos la vida, sino también servía para adornar la mesa con sus colores vibrantes y al mismo tiempo se usaba para perfumar el ambiente con sus exquisitos olores, además de brindar un entorno de bienvenida a todos los que vivíamos ahí y también a los que llegaban de visita.

La fruta siempre representó en nosotros la forma de endulzar nuestro paladar, los dulces del señor del carrito era una especie de toque especial para ocasiones muy particulares. Los dulces de la tienda casi no los consumíamos, la fruta en los mercados era mucho más barata que esos dulces y, para las familias con muchos hijos como la mía, el costo de golosinas empaquetadas era mucho mayor. Lo más común durante una caminata por el mercado o después de la escuela, o simplemente para saciar un antojo de algo dulce, era fruta con limón y chile piquín, siendo las frutas más comunes la jícama, la piña, el mango y la naranja. Esa combinación de sabores agridulces y picantes te satisfacía todos los sentidos, pero eso sí, siempre algo dulce porque por alguna razón nos hacía más felices, nos alegraba más la vida, tal vez por eso el nombre de alegría a ese dulce típico mexicano hecho con amaranto y miel.

Al regresar a la casa y mientras gozábamos del sabor de nuestros dulces, Lupita mencionó que en su casa hasta los dulces los tenían que hacer. Se juntaba toda la familia todo un fin de semana durante la temporada de camotes, era como otra fiesta familiar, los dulces los empaquetaban y los almacenaban muy bien y les llegaban a durar hasta cuatro o cinco meses, pero últimamente con sus estudios Universitarios, ya no tenían tiempo de participar en la elaboración de los dulces o en muchas otras actividades que solían hacer en familia y muchas costumbres y tradiciones que tenían, las habían dejado de hacer por completo.

Esa noche, en mi cama, me quedé pensando cuáles serían los factores que habían influido para que se dejaran de consumir muchos de los alimentos, así como también de las tradiciones y costumbres que se estaban perdiendo en México.

En busca de una mayor riqueza

El que mucho abarca...

– ¡Órale! ¿O sea que ya no vamos a tener que ir a Tepito y arriesgar nuestras vidas? –interrumpió Javier, un compañero de clase de la Universidad mientras el maestro estaba explicando la posibilidad que existía de un Tratado de Libre Comercio entre México, Estados Unidos y Canadá.

Tepito era muy conocido porque era el mercado en donde uno podía conseguir mercancía de origen extranjero y que estaba prohibida en el mercado Mexicano. Ubicado en el corazón de la ciudad de México, Tepito también era famoso por el peligro que representaba porque cuando iba uno por mercancía, a veces salía uno de ahí sin reloj, chamarra y casi casi hasta sin el alma, sin embargo, podía más el deseo de tener un aparato electrónico de tecnología avanzada, unos tenis de moda, unos pantalones de mezclilla o relojes de marcas americanas, que el miedo de arriesgar el pellejo.

–Bueno, eso está por verse –prosiguió el maestro– pero por el momento pensemos que está llevándose a cabo, ¿ustedes qué piensan que puedan ser los resultados del TLC?

–Pues yo creo que el único país que va a salir ganando aquí va a ser Estados Unidos –dijo Manuel en su tono intelectual que siempre lo caracterizó–, ¿pues ellos qué beneficios pueden encontrarle a los productos mexicanos?

–Pues si dicen que lo hecho en México está bien hecho –dijo Javier interrumpiendo nuevamente la clase mientras se oían algunas carcajadas de los demás alumnos.

–Sí, por eso te largas a Tepito a comprar cosas que ni son de tu país –le respondió Manuel quien siempre tomaba muy en serio su papel de sabio.

Las risas continuaron alrededor de la clase, y el maestro prosiguió:

– ¿Qué tal los productos agrícolas? –la clase guardó silencio como si estuviéramos tratando de entender la pregunta, el profesor continuó–: Dicen que los productores agrícolas de Estados Unidos están protestando para que no se lleve a cabo este tratado porque saben que la desigualdad de salarios afecta el precio de los productos, por lo tanto como los trabajadores agrícolas de Estados Unidos ganan más porque se les paga en dólares y comparando ese salario con el salario de un trabajador campesino mexicano que gana, digamos la cuarta parte de lo que gana uno de Estados Unidos, el impacto en los precios de los productos agrícolas mexicanos van a costar aproximadamente tres veces más baratos aun y agregándole los costos de empaque y transporte, por lo tanto los consumidores de Estados Unidos van a preferir por supuesto pagar menos por el mismo producto, ¿no creen?

–Pero entonces, ¿podría existir la posibilidad de equilibrar las ganancias que se generarían en estos mercados? –Dijo Javier quien siempre sacaba las conclusiones más fáciles– pues si ellos pierden en sus productos agrícolas pueden compensar esas pérdidas con lo que ellos van a ganar con la venta de ropa, artículos electrónicos, relojes, tenis y todo lo demás que compramos en Tepito, ¿no?

Nuevamente algunas risas se escucharon en el salón de clases.

–Por el momento nos vamos a enfocar en lo que este tratado puede incluir, principalmente nos enfocaremos en las leyes en que se basa, los productos que posiblemente se van a intercambiar, en los consumidores, especialmente en el poder adquisitivo de éstos, etcétera. De ahí vamos a hacer un análisis para ver cómo esto repercutiría en la economía de los tres países –dijo el maestro como conclusión dando por terminada la clase mientras algunos alumnos empezaban a guardar sus libretas.

– ¿Y la tierra? –pregunté un poco tímida.

– ¿La tierra de quién? –preguntó el maestro un poco desconcertado.

–La de las uñas – dijo Javier y la clase volvió a soltar la carcajada.

–No, pues me pregunto si este tratado tomará en cuenta a la tierra, o sea, a las frutas y verduras que se producen en cada estación al igual que a todos los factores que son importantes para los diferentes tipos de siembra que tenemos –dije pensando en esas familias campesinas que había conocido en las visitas que hice a la casa de mis amigas, en ese momento me di cuenta de la influencia que esas convivencias habían dejado en mí.

–Estamos en Economía, la carrera de Ecología está a tres cuadras a la derecha –dijo Javier y la clase volvió a reír a carcajadas.

Continué sin hacer caso a las risas ni a las murmuraciones:

–Pues yo creo que ese tratado debe de tomar en cuenta a la naturaleza porque es la que nos está proporcionando esos artículos de los que dependemos para nuestro diario vivir y de la que la economía nacional va a depender para ese crecimiento económico que se está buscando, no podemos ignorarla ni tampoco producir lo que se nos dé la gana nada más para solventar la demanda específica de alimentos que los otros países exijan. ¿Qué pasaría entonces con las demás especies de las que el mexicano se ha alimentado por años?

– ¡Ay no te preocupes! en cualquier tierra se puede producir lo que se les dé la gana – dijo Javier nuevamente– ya ves a los japoneses que se han llevado tanto nopal y hasta dicen que ya los producen allá.

–Ese tratado debería entonces incluir una especie de patente para proteger los productos que son originarios del país, algo así como lo hacen con las bebidas alcohólicas y su denominación de origen –dije tratando no de defender mi punto de vista, sino de defender lo que pertenece a México y a los que trabajan produciendo esos alimentos–. Si se protege la variedad de especies entonces estaríamos asegurando que la ganancia de esas ventas sean específicamente para México, porque si otros empiezan a producir lo que es de origen mexicano y lo ofrecen más barato, entonces hasta México va a terminar importando nopales en lugar de producirlos.

–Bueno, ya nos estamos saliendo del huacal –dijo el maestro quien estaba en la puerta listo para salir– ya estamos hablando de cosas que ni siquiera sabemos si va a valer la pena contemplar, primero lo primero, léanse los artículos que les proporcioné sobre el TLC y nos vemos la próxima clase.

Salí del salón y se me vinieron a la cabeza las palabras de los familiares de mis amigas: "A las plantitas hay que cuidarlas y quererlas"; "la tierra es de quien la trabaja". Me dirigí a la biblioteca a buscar unos libros y me encontré con Lissette, una chica guatemalteca que trabajaba ahí como asistente, ella estaba contentísima porque sus padres le habían enviado una caja llena de cosas originarias de su país, entre ellas había dulces, pan, comida, una bufanda y una bolsa hecha por la gente indígena de Guatemala.

– ¡Qué bolsa tan bonita! –le dije.

– ¡Ay ya ni digas!, –me dijo algo molesta–, me quedé pensando en lo que dijiste en la clase y mira que nomás de imaginarme estas bolsas hechas en Japón me dio mucho coraje, ¿te imaginas? Si de esto vive la gente indígena de mi país, ¿después de que viviría?

–Pues esperemos que cosas así nunca sucedan, además piensa que la belleza natural y pintoresca de cada nación es única, ya ves, México es más conocido y visitado por sus playas que por sus artesanías, por sus alimentos o por su cultura. Aunque sí sería triste ver que eventualmente se diera una globalización de mercados, si lo bonito de este mundo es que cada país tiene su propia riqueza, eso es lo que nos hace soñar con algún día poder viajar, conocer y convivir con otras culturas.

Me despedí de ella y en el camino a mi casa me quedé pensando en si con ese tratado no también desaparecerían los coloridos pintorescos de cada región.

No todo lo que relumbra...

Al terminar la Universidad realicé algunos viajes a Estados Unidos, gracias a otras amigas que tenían familiares radicando allá, se nos dio la oportunidad de conocer al vecino país del norte y a todo lo que éste podía ofrecer. Lo que siempre más te impresiona es ver las estructuras de edificios modernos y las carreteras, la cantidad de carros, el servicio de transporte, las tiendas bien decoradas y con muchas luces, los restaurantes y toda la cantidad de comida que te dan. Todo definitivamente hablaba de un país del primer mundo con tanta riqueza que hasta los ojitos nos brillaban.

–Estos sí son sándwiches –dijo mi amiga Adriana cuando paramos a comprar algo de comer en una tienda– aquí sí le ponen un montón de carne, no como en mi pueblo que a una torta de jamón sólo le ponen dos o tres rebanaditas.

-¡Ah! pero a los de nosotros también les ponemos más cosas –le dijo Elena quien siempre salía en defensa de la comida mexicana–, le ponemos frijolitos, aguacatito, jitomatito, cebollita, chilitos, y...

La plática se vio interrumpida porque teníamos que pagar. La chica de la caja registradora nos preguntó en inglés qué soda queríamos y nosotros le dijimos que no, que así estaba bien. Ella nos dijo que la soda era gratis y entonces dijimos: "¡ah! pues así, sí"; y pedimos diferentes sabores, nos dijo que por 25 centavos más podíamos triplicar el tamaño de nuestra soda y llevarnos unas papitas. "Ok", dijimos apenas pudiendo creer la gran compra que acabábamos de hacer. Sin embargo, por alguna razón, lo que comíamos no era suficiente, los sabores eran más intensos que sentíamos que nos dejaban con mucha sed. A pesar de estar llenas y de que no queríamos seguir comiendo, la comida no nos satisfacía, era como si nuestro cuerpo no reconociera ese tipo de alimentos porque nos sentíamos desganadas, sin energía y con mucho sueño y, después de unas horas, sentíamos una sensación de hambre a pesar de tener el estómago todavía lleno.

Siempre que salíamos a comprar algo de comer lo comparábamos con lo que comíamos en México. Los jugos de naranja estaban empaquetados. En alguna ocasión quisimos comprar las naranjas frescas para hacer nuestro propio jugo, nuestra sorpresa fue que los jugos empaquetados los podíamos comprar a dos dólares y alcanzaban para más personas mientras que el costo de la naranja fresca era de dos naranjas por un dólar y a la hora de exprimirlas, casi ni jugo les salía, con dos naranjas no llenábamos ni un vaso.

Casi nos da un paro cardiaco cuando quisimos hacer agua de limón y los limones estaban a tres por un dólar.

"¡Nombre, en mi pueblo con ese mismo dinero me compro un kilo de limón y con eso hago varias jarras de agua!", dijo Elena mientras nos moríamos de la risa.

–Mira, aquí el pollo es todo blanco hasta la piel, y no como en México, que la carne es rosadita y la piel amarilla –comentábamos interminablemente las diferencias.

–Sí, seguramente es porque son gringos – dijo Adriana haciéndonos reír.

Las manzanas brillaban y duraban mucho tiempo sin echarse a perder, nos llamó la atención que la cáscara tenía una capa como si fuera cera de una vela. Observamos cómo la gente consumía más cosas de lata y empaquetadas que cosas frescas, eso sí, carne había por doquier y a cualquier hora.

–Aquí no es como en mi pueblo –dije sorprendida– que si no llegas a las once de la mañana o antes, ya no alcanzaste carne y si tienes suerte, de la carne de pollo chance encuentres alitas y pescuezo, de la de res, rabo o retazo con hueso y de puerquito nomas patitas y orejitas–. También nos dimos cuenta que esas partes de los animales no se vendían y encontrar carne de chivo o de carnero, ni soñando.

Cuando íbamos a la tienda a comprar algo para guisar, siempre nos quedábamos pensando en qué hacer de comer porque nos sentíamos muy limitadas en la selección de frutas y verduras y terminábamos comprando carne porque era lo más accesible.

En los restaurantes era muy raro encontrar platillos que no contuvieran carne. Empezamos a añorar nuestras quesadillas de flor de calabaza y huitlacoche. Aunque a veces era más fácil comer en la calle, decidimos no hacerlo, no sólo porque nos salía más caro, sino porque también queríamos retribuir de alguna forma el hospedaje y preparar algo delicioso para los familiares de mis amigas, quienes ya habían perdido hasta el sentido hospitalario. Aquí no había nada de que te vamos a atender, gustan otro poquito ni nada que se le pareciera, cada quien comía cuando podía y lo que podía, sólo tenían un día de descanso y ese día lo ocupaban para lavar ropa, comprar la despensa, enviar dinero, limpiar la casa y si podían, descansar. Salían a trabajar muy tempranito y regresaban ya hasta la noche, comían algo, se bañaban y se iban a dormir para hacer lo mismo al día siguiente. Eso sí, tampoco fueron tan desconsiderados, nos decían siempre que tomáramos lo que gustáramos con confianza y sin vergüenza.

Lo que nunca faltaba en la alacena eran los pastelitos y panquecitos. Conocimos los cupcakes que son unos panquecitos que vienen adornados con un betún tan dulce que hasta los dientes nos dolían, nosotros se lo teníamos que quitar para poderlos comer.

Después de tres semanas, unos buenos recuerdos y unos kilos de más, regresamos a México y, a pesar de que ya no nos cerraban muy bien los pantalones, en cuanto llegamos comimos a reventar, extrañando los sabores de nuestra tierra. Esta vez hasta el agua de limón nos supo a gloria y dimos gracias a Dios por vivir en este país lleno de una riqueza inmensa.

La otra cara de la moneda

Años después se dio la globalización de mercados, muchas empresas de Estados Unidos se establecieron en diferentes países en donde podían adquirir una obra de mano más barata y las cadenas de tiendas de comida rápida empezaron a invadir los centros históricos de varias ciudades coloniales de México.

Durante algún tiempo, más de una vez regresamos a Estados Unidos tratando de entender la forma de vida del Americano, porque claro que llamaba la atención el poder adquisitivo, el cual reflejaba un mundo de abundancia ilimitada, sin embargo, algunos medios de comunicación mostraban muchas otras caras de este país que no conocíamos. Nunca nos imaginamos que en ese país existiera la pobreza extrema, gente viviendo en la calle, ni mucho menos nos imaginamos que pudiera existir el hambre. De la misma forma estos medios informaban también del proceso de producción de algunos alimentos y de cómo a muchas personas no les afectaba el enterarse de esto para cambiar sus hábitos de alimentación aun y con los crecientes índices de obesidad.

Cada vez que regresaba a México, por lo regular mi familia se reunía en una comida grande a convivir. Como siempre compartíamos los sucesos que habíamos vivido. Cuando me preguntaron de mi viaje empecé a contarles más de lo que me había enterado a través de la televisión, que de los lugares que habíamos visitado y es que, la verdad, yo no salía todavía de la impresión que me había causado ver todos esos documentales al igual que otros reportajes en diferentes medios de información como revistas, programas de radio y hasta películas que hablaban de un país que no reflejaba para nada la imagen de abundancia y riqueza que pasaban en los programas y películas que veíamos en México.

–La verdad es que mi papá siempre ha tenido razón en decirnos que México es un país con una riqueza enorme, empezando por la diversidad de alimentos que tenemos –les comenté mientras en mi mente se proyectaban las imágenes de esos programas al igual que las palabras de los periodistas, era como si estuviera viviendo nuevamente esos momentos segundo a segundo–. Fíjense que en una ocasión fuimos a la tienda y decidimos darnos el lujo de comer camarones, había para escoger, pequeños, medianos, grandes, jumbo y tiger que son los más grandes, bueno, son tan grandes que parece que en lugar de que tú te vayas a comer al camarón, más bien parece que es el camarón el que te va a comer a ti.

En nuestras reuniones familiares, ya fueran grandes comidas o simples pláticas, siempre tratábamos de reír y de hacer reír a los demás con nuestros comentarios y así continué:

–El caso es que nunca nos habíamos preocupado en leer lo que decía la bolsa de los camarones, cuando los comprábamos nada más nos fijábamos en el tamaño y siempre, claro, buscábamos los que estaban en oferta para que nos saliera más barato. Pues cómo nos fue a pasar que un día que decidimos quedarnos de flojas, vimos un documental en el que una persona que trabaja para una organización que se dedica a proteger al planeta que se llama Green Peace, se metió de espía a trabajar a una fábrica en Japón donde mantienen el camarón que se exporta a Estados Unidos y cuál fue nuestra sorpresa cuando esa persona documenta que el camarón se encuentra en una fosa en la que desembocan las aguas negras de la ciudad y esa fosa se ubica en la parte trasera de la fábrica.

–Pero ¿cómo? –dijo mi primo Bruno quien siempre en sus pláticas ponía a los Estados Unidos como ejemplo a seguir– si yo sé que en Estados Unidos existe un control de calidad de los alimentos que ya lo quisiéramos en México.

–Pues lo que pasaron en el documental –continué mi relato– es que esta fábrica está localizada en Japón y lo que los reporteros dijeron es que cuando los inspectores de Estados Unidos llegan, los pasean solamente por las partes bonitas y bien cuidadas de las instalaciones, ahí es donde tienen a los camarones en agua limpia, con más espacio y en donde a los camarones los alimentan con buena comida, pero cuando se trata de limpiar y empaquetar el camarón que va a exportarse, ocupan el que se encuentra en la parte de atrás de la fábrica, el de las aguas negras y está la prueba porque la persona de

Green Peace grabó todo el proceso con una cámara que tenía incrustada en la gorra –dije mientras observaba cómo todos se quedaron con los ojos muy abiertos, sorprendidos y sin palabra alguna que decir.

–Así me quedé yo cuando vi el reportaje –les dije.

–Pero entonces, ¿eso es lo que comen los americanos? –preguntó una de mis cuñadas casi separando las palabras.

–Pues en el reportaje dijeron que uno tenía que estar más alerta con lo que compra y que también uno tenía que preguntar a los de la tienda la procedencia de los alimentos, como medida de prevención dijeron que antes de comprar algo se leyera en el paquete la procedencia donde había sido elaborado y empacado el producto. En el caso del camarón recomendaron que la procedencia y empaque fuera hecho en Estados Unidos porque incluso hay alimentos que los cultivan en Estados Unidos pero los empacan en China, ya que a la compañía les sale más barato, pero vuelven a caer en lo mismo de no poder controlar lo que pasa en otros países con esos alimentos y es que, a pesar de que los inspectores van a checar el proceso de producción y empaque, el mantener la vigilancia continua es difícil porque los inspectores están por lo mucho dos días en cada instalación y después se tienen que trasladar a otra y no pueden tener inspectores permanentes porque al gobierno le sale muy caro. –Comenté casi sin respirar, pues las palabras me salían como si estuviera viendo nuevamente el documental.

–Entonces, ¿allá ya no pescan? –dijo mi sobrino Edgar de tan sólo 7 años.

–Sí, sí pescan, por eso recalcan que se lea o se pregunte de dónde viene el producto y si se ha pescado en mar abierto o si es marisco de granja –le dije tratando de encontrar las palabras precisas para que me entendiera.

– ¿Cómo que de granja? ¿A poco tienen al camarón y a los peces como a las vacas? –preguntó mi tía Lucha como queriendo imaginarse a los camarones rodeados de cercas.

–Pues lo que yo vi en la tele fue que a algunos camarones los tienen en contenedores grandísimos mientras que a otros los mantienen en un enorme hoyo que parece laguito en el cual se veía cómo los tubos de las cañerías desembocaban ahí. Pero eso no fue todo, también hablaron del salmón que lo están recomendando mucho porque tiene una gran cantidad de aceites que según ayudan para que uno no sea tan burro –dije haciéndolos reír nuevamente.

– ¿A poco a ese también lo alimentan con aguas sucias? –dijo mi hermana Alicia quien no acababa de salir de su asombro reflejándolo en cada gesto de su cara.

–No, –les dije y todos hicieron un gesto de alivio– a esos salmones los mantienen en una especie de jaulas que se encuentran dentro del mar.

–Ah, por lo menos están en su casita –dijo mi sobrina Claudia quien siempre habla de amor y paz.

–Pues sí, –continué– pero lo malo de todo esto es que el alimento que les dan contiene un colorante artificial además de otros químicos para hacerlo crecer rápido y para que su carne tome el color parecido al verdadero salmón que se da en Alaska, que es el que crece y se reproduce naturalmente en el mar; el caso es que ese alimento que le dan a los salmones enjaulados se dispersa en el mar y termina en la boca de otras especies marinas que se están muriendo porque sus organismos no soportan esa alteración química y entre esos animales marinos que se están muriendo están los salmones naturales. También dijeron que los salmones enjaulados son muy agresivos y que cuando se les llegan a escapar algunos, estos atacan y matan a otros peces. Estas empresas hacen todo esto con el objetivo de vender a un precio más barato y seguir enriqueciéndose. Así que si es camarón, salmón o cualquier producto del mar que este empaquetado, en oferta y que sea producto de China, Tailandia, Japón o que provenga de cualquier otro país, mejor prefiero no comprarlo. Lo mejor es ver a los pescadores sacar del mar lo que nos vamos a comer o por lo menos saber que los pescados provienen de la costa más cercana a nuestra región, ¿no creen?

Esta vez nadie dijo nada, en el silencio reflexioné y les dije:

–Mejor ya no le sigo porque les estoy arruinando la comida.

–No, cuéntanos más –dijo mi primo Jorge quien siempre ha sido de buen diente, dándole una mordida a su taco– creo que por primera vez estoy apreciando mi taco de nopalitos, por lo menos sé que los nopales los cortaron por Otumba.

–No, es que si les cuento todo lo que vi en ese documental que a mí me dejó tan impresionada, se van a espantar de por vida y luego hasta vayan a dejar de comer para siempre. –Les dije tratando de hacerlos nuevamente reír.

– ¡Ah, eso sí no creo! Ya sabes que a nosotros nos ponen algo de comer enfrente y hasta el mundo se nos olvida, ¡ándale síguele! –dijo Jorge quien seguía disfrutando sus tacos.

–Pues otra cosa de la que hablaron es de un pez muy agresivo que llegó a Estados Unidos en una embarcación que provenía de Japón, este pez en su ambiente natural no es agresivo, pero se vino a establecer en el río Mississippi y está terminando con los ecosistemas del río. Igual hablaron del escarabajo japonés que también llegó a Estados Unidos en las embarcaciones que contenían importaciones de plantas exóticas provenientes del Japón, pues este escarabajo está terminando con el árbol de Maple y no han encontrado como controlarlo. También hablaron de otro tipo de árbol que no me acuerdo cómo se llama pero que ya está en peligro de extinción debido a otro tipo de insecto que también llegó en algún tipo de transporte y bueno, ya ni me quiero seguir acordando porque voy a terminar de malas.

–Oye, ¿y no será que con todas estas importaciones y exportaciones de productos a nivel mundial, tal vez a nosotros en México nos esté pasando lo mismo nada más que no nos hemos enterado o nadie le ha puesto atención? –preguntó Delia, otra de mis cuñadas.

–Pues no sé, sería cosa de investigar –les dije reflexionando a su pregunta a la que, de alguna forma, en ese momento no quería saber de su respuesta.

–De verdad que a Estados Unidos le salió el tiro por la culata, quisieron enriquecerse más al tratar de acaparar los mercados internacionales y mira lo que les vino a pasar –dijo mi amiga Amalia agarrándose ambas manos y poniéndoselas cerca de su boca como si estuviera a punto de rezar.

–Sí, pues dicen que no todo lo que relumbra es oro –dijo mi tía Lucha– ya ves, ¿cuántos paisanos se van para allá en busca de un mejor nivel de vida? Y dices que la familia de tu amiga se la vive trabajando, que comen puras porquerías y que casi no conviven, ¿pues qué clase de vida es esa?

–Pero si aquí en las ciudades grandes, ahí andamos queriendo imitar ese estilo de vida, ya ves, a los niños ya no les compran sus quesadillas y sus mangos con chile al salir de la escuela, ahora los llevan a comer su hamburguesa con papas fritas y su refresco –recalcó mi prima Gloria quien es maestra de primaria.

–A propósito de hamburguesas –les dije interrumpiendo la plática y alzando la voz para que todos me escucharan– me acuerdo también de haber visto en un noticiero un reportaje de una chica que estaba por salir a viajar y pasó rápido a comprarse una hamburguesa con papas a un restaurante de comida rápida y por andar a las carreras, se le olvidó llevarse su comida y la dejó en su casa, el caso es que regresó un mes después y se encontró con que esa comida nunca se había echado a perder.

– ¡Sí!, –exclamó Gloria– uno de mis alumnos vio ese reportaje en el internet y él me preguntó que si eso era posible y le dije que íbamos a hacer el experimento en la clase. Así que al siguiente día lleve tres hamburguesas diferentes, la primera hecha en casa con carne de la carnicería de Don Paco y la acompañé con papas naturales y un agua de limón; la segunda hamburguesa era congelada igual que las papas y de bebida les puse una limonada envasada; la tercera fue una hamburguesa de una tienda de comida rápida que ya viene acompañada con su soda y sus papas. Les dije a mis alumnos que las íbamos a estar checando diario. Resultó que la comida hecha en casa se echó a perder en tres días, la congelada en siete y la de comida rápida pasaron dos meses y se veía igualita que cuando la compré. Al final la tiramos, pero les dije a mis alumnos que se metieran al internet, que investigaran los ingredientes de esa comida y que los compararan con los ingredientes que ellos conocen. Resultó que en las papas había 19 ingredientes, en el pan 38 y en los pastelitos de postre 49. Cuando les pregunté a mis alumnos qué ingredientes tenían las papas que les hacía su mamá me dijeron que nada más papas, aceite y sal. Ellos estaban que no salían de su asombro, pero a mí también me sorprendieron los resultados.

–Bueno, por lo menos la carne sí es toda de res –dijo Jorge.

–Sí, pero... –hice una pausa, la verdad no quería hablar de lo que había visto con referencia a los animales pero pensé, pues si ya les arruiné la comida, pues de una vez le suelto toda la sopa– a las vacas las tienen encerradas y amontonadas, además de la cantidad de antibióticos y hormonas que les inyectan para que no se enfermen y crezcan rápido, el tipo de alimento que les dan es maíz que allá le llaman algo así como organismo genéticamente modificado, o sea que no es el mismo que la naturaleza nos da, sino que lo fabrican en laboratorios de tal forma que lo hacen resistente a las plagas. Además de que este maíz crece más grande, más rápido y no se reproduce, contamina y mata al maíz que la naturaleza nos da, a ese maíz sí no le sale huitlacoche. No sólo utilizan ese maíz para darle de comer a las vacas sino también a los cerdos y a los pollos, lo hacen para saciar la demanda tan grande de carne que existe sobre todo por parte de los supermercados y de las cadenas de restaurantes. Lo peor de todo es que la industria de la carne es la que contamina el planeta más que cualquier otra, incluso más que los autos, y lo hace a todos los niveles, contaminan el agua porque toda la sangre, las heces fecales y los químicos que utilizan para la limpieza del lugar, desembocan muchas veces en los ríos, el aire lo contaminan cuando procesan la carne y esos gases tóxicos son arrojados a la atmósfera, la tierra, por consecuencia de estos procesos, se llena de aguas sucias que se derraman sobre ella y terminan por contaminarla; con esto, muchas veces hasta los cultivos también terminan por contaminarse, desafortunadamente no muchas personas conocen esto. Y ahora sí me callo porque ya ni me quiero acordar de las imágenes que vi –me cubrí la cara mientras alguien sugirió que cambiáramos de tema. Esa cena sí que fue inolvidable porque en las siguientes reuniones hubo más variedad de platillos vegetarianos.

¿Tianguis, mercado o supermercado?

Estábamos en la época de las fiestas decembrinas y se planeaba hacer una posada entre los vecinos, por supuesto a mis papás les tocó encargarse del ponche y los buñuelos, ellos ya tenían fama por lo sabrosos que les quedaban. Las mañanas de diciembre son muy frías, pero aun así a mi mamá le encanta levantarse tempranito para ir al mercado, quería ir a comprar de una vez las cosas para la posada del lunes. No pasaban de las ocho de la mañana y ya había bastante gente haciendo sus compras para la semana. Mientras recorríamos los puestos que tanto tienen que ofrecer, mi vista se perdía entre los colores vibrantes de las frutas, las verduras, los vegetales, los diferentes tipos de frijol y especias, además de las artesanías y cuadros entre otras cosas. Mi mamá quiso que fuéramos primero a comprar el pescado porque ese siempre se termina temprano y temía que si llegaba tarde ya no fuera a alcanzar. Nos formamos en la fila y esperamos pacientemente a que llegara nuestro turno mientras escuchábamos el tumulto de voces que ofrecían lo que estaban vendiendo y lo barato de la mercancía. Frente a nosotros se encontraba una pareja con dos pequeños que no pasaban de los siete años. Los cuatro estaban muy bien vestidos pero la señora parecía modelo de revista, tenía zapatillas altas y unas gafas para el sol, vestía una blusa sin mangas, que por lo fría que estaba la mañana, estaba yo segura que ella se estaba muriendo de frío pero se aguantaba con tal de estar a la moda, también estaba muy bien maquillada como si en lugar de ir al mercado estuviera lista para una sesión fotográfica.

Finalmente les tocó su turno y el muchacho del puesto le preguntó –Ahora sí marchantita, ¿qué se le ofrece?

Ella enchuecó la boca como si algo le hubiera molestado pero aun así habló con un acento como si fuera de otro país. ¿Tiene halibut? –preguntó algo airada.

– ¿Cómo que jalibuu? –preguntó el muchacho algo extrañado–. ¿A poco quiere que me vaya hasta jalibu California por pescado? Ese ha de ser el pescado que se come el Bra Pii ¿no?

– ¡Ese es Hollywood! –exageró el acento la señora repitiendo el nombre del pescado en sílabas como para poner en ridículo al muchacho–, dije ha-li-but.

–No marachantita, de ese no tenemos –contestó el muchacho sin perder su buen humor.

–Bueno entonces, ¿tiene salmón? –preguntó nuevamente.

–No, de ese tampoco, aquí puro pescado veracruzano del Golfo.

La señora volteó a ver a su marido y le comentó con una voz muy forzada y molesta –ya ves, por eso me choca venir a estos mercados de pueblo, aquí nunca venden pescado del bueno.

Los niños jugaban empujándose uno al otro y de repente uno de ellos fue a dar al puesto y casi tira la mesa en donde envuelven el pescado.

El muchacho se dirigió a la señora.

–Por favorcito, le encargo que no tenga a los chamaquitos tan cerca del puesto.

– ¡No son chamacos! –Contestó la señora muy molesta y volteando a ver a su esposo nuevamente y le dijo–: ¡Ya ves, aquí ni siquiera lo tratan a uno con respeto como en el supermercado!

–No se enoje mi güera, ¿a poco no sabe que chamaco quiere decir niño en náhuatl? Si no quise ofenderla, nomás no le haga el feo a nuestras raíces mexicanas –continuó el muchacho tratando de sobrellevar a tan soberbia persona.

–Pues a mí no me gusta que le digan chamacos a mis hijos –contestó alterada.

–Está bien, no se enoje mi güera, llévese a sus chilpallates pa'lla por favis –insistió el muchacho sin ánimo de continuar ofendiéndola.

Mientras el esposo de la señora tomaba de la mano a uno de los niños, el otro se había echado a correr y ella le gritó: "Justin, ven para acá".

El muchacho se dirigió al niño y le dijo:

–Ándale Justino, te habla tu mamá– se oyeron las risas de algunas personas que estaban formadas, la señora se vio mucho más molesta y ellos empezaron a caminar alejándose del puesto.

– ¿Entonces qué marchantita?, –insistió el muchacho– llévese un robalito o un huachinango, se los dejo baratos.

– ¡No, gracias! –se oyó la voz de la señora mientras se alejaban casi casi arrastrando a sus hijos.

Finalmente llegó nuestro turno, en ese momento se oyeron voces que murmuraban sobre lo que acababa de suceder, mi mamá pidió su orden al momento que se oyó una voz diciendo que el halibut era un pez que se daba en la parte norte del Pacífico al igual que el salmón, otra voz comentó que muchas personas rechazaban lo nacional mientras que una más dijo que lo que ella había escuchado en el radio era que el salmón era el mejor pescado para ayudar al cerebro a funcionar bien y para que a uno no le diera el alzhéimer.

El muchacho del puesto paró de preparar la orden de mi mamá y comentó:

–Pos no por nada, pero nuestros antepasados se alimentaban de lo de por aquí y eran re sabios pues construyeron las pirámides, dicen que eran re buenos también para las matemáticas y hasta inventaron esos calendarios como el Azteca y el Maya que ya los quisieran tener por allá por Jalibu California –la gente se echó a reír nuevamente.

De repente a mi mamá se le ocurrió intervenir con lo de la plática del salmón y el camarón:

–Pues fíjese que mi hija, que estuvo en Estados Unidos, el otro día nos dijo…

Y de ahí no paró de hablar, la fila se convirtió en círculo. Me di cuenta de lo bien que mi mamá había guardado en su mente cada detalle, y constantemente decía: "verdad hija" mientras yo asentía con la cabeza cada comentario.

La gente no salía de su asombro y el muchacho del puesto interrumpió la plática y dijo:

–Pues yo me levanto bien tempranito y sí, les aseguro que este pescado sí es del golfo porque se los compro a los pescadores de Veracruz, tan fresquecito que casi casi está recién salido del mar, además yo soy impulsor de consumir lo nacional–. Terminó de envolver el pescado en papel de estraza y dijo –a ver ¿quién sigue?– Y mientras seguía cobrando, cortando y pesando continuó hablando: –No, si yo les agradezco que sigan comprando su pescado conmigo, si no yo no tendría ni pa darle de comer a mis hijos. Si me compran a mí, no nomás ayudan a mi familia, sino también a las familias de los pescadores y miren –hizo una cruz con el pulgar y el índice de los dedos de su mano, la beso y dijo– por ésta que sí es fresquecito el pescado.

Los comentarios siguieron, nosotras nos despedimos muy cordiales como siempre diciendo que lo veríamos la próxima semana, el muchacho nos dio las gracias y continuó atendiendo a sus clientes.

Ese ambiente que se da en los mercados me hizo recordar lo que la señora Ángeles mencionó tiempo atrás, cuando se refirió al intercambio de energías entre la tierra y las plantas, en este caso lo percibí entre las personas que caminábamos por el mercado, entre mercaderes y compradores. Observaba cómo entre tanto tumulto había al mismo tiempo un orden y una secuencia en esa convivencia que empieza con un "Buenos días" y termina con un "Que le vaya muy bien". Entre saludos y despedidas, me di cuenta que los comerciantes eran más bien una extensión de nuestra familia porque son personas a las que vemos por lo regular cada semana, quienes nos desean y les deseamos el bien, quienes también siempre nos preguntan por los hijos, el marido y los abuelitos; quienes saben de nuestros festejos y nunca falta que nos pregunten sobre cómo nos la pasamos, saben hasta de nuestros muertos y de nuestros recién nacidos.

Sin querer, observé que empecé a comparar la diferencia que me hacía sentir el ir de compras a un supermercado que contrastaba mucho con mi sentir al ir a un mercado. En un supermercado sentía el irritamiento y el mal humor de las personas que casi corren de fila en fila apurándose con sus compras para salir de ahí lo más pronto posible, mientras que en un mercado pareciera que uno se toma su tiempo en pensar lo que va a llevar, en observar y admirar las plantas que se venden, la plática que se da entre personas que se conocen en un encuentro espontáneo, el caminar al aire libre bajo los rayos del sol, las probaditas que ofrecen los diferentes puestos, ¡ah porque eso sí!, siempre hay probadita de casi todo. Ese ambiente es como un vivir despreocupado en el que, aunque a veces no alcance el dinero para todo lo que uno quisiera comprar, hasta ese pesar se desvanece. Toda esa convivencia hace que se me levante el ánimo como dicen, y no porque esté desanimada, es más bien como que toda esa interacción se combina y uno termina con el espíritu más alegre.

El supermercado siempre me estresaba, no sé si serían las filas tan largas para pagar, el lugar tan cerrado, la gente apurada, el amontonamiento de los productos o el estacionamiento que parece estar siempre lleno, pero de lo que sí me daba cuenta era que siempre terminábamos de mal humor y en el trayecto de regreso casi ni platicábamos, llegábamos a la casa con unas ganas de sentarnos y no convivir, hasta podría jurar que siempre terminaba con dolor de cabeza.

Mi mamá decidió no comprar todos los ingredientes que necesitaba para la posada ese día, dijo que el lunes por la mañana iría al tianguis que se pone cerca de su casa, no quiso seguir en el mercado porque, como compramos el pescado, temía que se le fuera echar a perder y nos fuimos de regreso a su casa.

Llegando guardamos todo lo que habíamos comprado, desayunamos, siempre acompañando esa alimentación con una buena plática, terminando limpiamos la casa y al poco rato empezamos a preparar la comida. En ese momento recordé lo que había estado pensando sobre la diferencia entre el mercado y el supermercado y afirmé mi sentir, me di cuenta que el mercado me llenaba de alguna forma de energía.

Durante la comida platicamos de la famosa anécdota que nos tocó vivir en el mercado y no paramos de reír.

El lunes tempranito fuimos a caminar al parque y de regreso paramos en el tianguis para comprar el resto de los ingredientes que mi mamá necesitaba para cocinar la miel de los buñuelos y el ponche, sobre todo la guayaba y el tejocote, ella prefería que estuvieran bien fresquecitos y maduros.

Saludamos a Don Ernesto y a su esposa.

–Y ahora ¿por qué tan tarde?, ya casi son las diez –preguntó Don Ernesto siempre tan amable.

–Pues es que nos fuimos a caminar para hacer un poco de ejercicio –le dijo mi mamá– ya ve que si no luego los buñuelos se dejan ver por todas partes del cuerpo.

–Bueno, pero dicen que una vez al año no hace daño –dijo Don Ernesto riéndose.

–Sí, pero entre las posadas, la Navidad, el Año Nuevo, el día de Reyes y los cumpleaños, me toca de varias veces al año –dijo mi mamá mientras todos reíamos.

La esposa de Don Ernesto atendía a Doña Cristina, quien oyó la plática y se integró:

–Ay, eso sí, yo que tengo diez hijos, veintidós nietos y siete biznietos ¡me toca de mucho más!, entre más sigue creciendo la familia más crecen los festejos y con tanta celebración ¡ni le cuento!, si mi familia sigue creciendo voy a terminar por estar celebrando todos los días del año.

Reímos y nos despedimos, como siempre deseándoles a todos que estuvieran bien.

Pasamos a comprar algo de verdura y el olor de los tamalitos y las chalupitas nos llamaba constantemente, pero nos hicimos las fuertes y nos fuimos a la casa. Saliendo del mercado, alcanzamos a ver de reojo a Doña Cristina quien estaba en el puesto de tamales, ella sí, no se pudo resistir.

Llegamos a la casa y preparamos el jugo favorito de mi mamá con nopal, piña y limón y también nos comimos una papayita picadita con miel y limón. Por la tarde, después de comer, limpiamos la cocina y mis padres empezaron a preparar el ponche, la miel y los buñuelos. Los aromas de la miel y el ponche empezaron a invadir la casa, sobre todo el de la guayaba y el de la canela, se me hacía agua la boca y apenas podía aguantarme las ganas de comer la miel con un crujiente buñuelo.

A las siete nos dirigimos a la casa donde se iba a llevar a cabo la posada. Cargábamos una gran cazuela llena de buñuelos, una olla llena de miel y otra olla más grande con el ponche. Cuando llegamos a la casa de Doña Gloria, ya casi toda la gente estaba lista para los cantos de pedir posada, los cuales, por alguna razón, nunca nos salen bien a pesar de que tenemos el librito que nos guía en la cantada y la letra es exactamente la misma año tras año, el chiste es que cada año siempre hay alguien quien llega a decir algo gracioso, alguien que se equivoca o alguien que se le ocurre hacer un comentario que no tiene sentido, pero todo eso no importa porque la convivencia, la risa y los recuerdos, eso sí, nadie nos los quita.

Después de los cánticos, vienen los antojitos, el ponche y los buñuelos. Todo estaba muy ameno, pero para nuestra sorpresa Doña Gloria, la dueña de la casa, se nos acercó acompañada por la señora que no quiso comprar el pescado veracruzano el otro día en el mercado.

–Miren les presento a Natalia, ella es la esposa de mi hijo Roberto que vive en Estados Unidos –dijo Doña Gloria.

No supimos ni cómo nos salió el saludo, pero seguramente con unos ojos muy grandotes y unas bocas muy chiquitas para aguantar la risa y evitar que la comida se nos saliera de la boca. Natalia también solamente medio sonrió y con eso dio a entender que sí se acordaba muy bien de nosotras.

–Ellos son mis vecinos, nos conocemos desde que nuestros hijos estaban chiquitos –le explicaba Doña Gloria a Natalia– Robertito y el hijo de Doña Celia crecieron juntos y siempre fueron muy traviesos, son los que más dolores de cabeza nos daban.

–Sí, –comentó mi mamá– mi hijo tal vez llega al rato con su familia para que los conozca.

Vi cómo el bocado se le atoró a Natalia, porque como que le salió un gesto entre sonrisa y algo agrio que comió.

La fiesta continuó y ya, con un poquito más de confianza que el licor le da a la gente y le quita lo inhibido, uno como que empieza a hablar con más franqueza como lo hizo Don Mauro quien había estado en la fila del pescado ese día en el mercado y dirigiéndose a Natalia le dijo:

– ¡Ah!, usted es la señito que quería comprar el pescado del Bra Pii ¿no?

Natalia, quien no dejaba de tomar ponche cada vez que tenía oportunidad contestó:

– ¡Ay, es que lo que es ser ignorante, mire que confundir la palabra halibut con Hollywood! –, y empezó a detallar lo sucedido ese día en el mercado, claro desde su punto de vista. Todos rieron en el momento que comentó como el muchacho del puesto confundió las palabras.

–Pues qué se puede esperar de la gente que nunca ha estudiado –insistía Natalia como para reafirmar que tenía la razón– la verdad es que como yo prácticamente crecí en Estados Unidos pues estoy más acostumbrada a los supermercados, se me hacen más limpios y organizados y siempre uno encuentra todo tipo de carne de mucho mejor calidad.

Sentí cómo las miradas de mis familiares se dirigieron hacia mí como empujándome para que me subiera al ring, empezar a boxear y nockearla. Dudé en hacerlo pero sentí que esa decisión ya no dependía de mí y dejé que las palabras salieran de mi boca como si una fuerza mayor externa me estuviera dirigiendo el sermón.

– ¿Sabías que muchas de las instalaciones donde se empaca el pescado y los mariscos que llegan a Estados Unidos y se venden en los supermercados no se encuentran dentro de Estados Unidos sino en China, Taiwán y Japón? –Le hablé de los programas de televisión, radio y de las revistas por los que me había enterado de toda esa información y de muchas otras cosas más.

Entre más le decía más abría ella los ojos, se quedó sin palabras y yo no paré ahí, le empecé a decir de la diferencia que me hacía sentir ir a un supermercado comparado con lo que sentía al ir a un mercado y hasta un tianguis. Le hablé de cómo los grandes comercios desplazan a los pequeños comerciantes y a los campesinos, de cómo éstos se ven forzados a abandonar sus tierras para entregarse a una fuerza laboral en la que son infelices, mal pagados y terminan por emigrar. De repente la gente que estaba alrededor me sorprendió al incorporarse a la plática dándome la razón, no para apoyarme, sino solamente para dejar ver su sentir comunitario, eso me hizo sentir contenta porque me di cuenta que yo no era la única que sentía una apreciación por la gente que forma los tianguis y los mercados.

La plática seguía y los jarros con ponche no dejaban de parar. Yo continué hablando del soporte que se genera a la economía local cuando se apoyan a todos los vendedores locales y para rematar con broche de oro le empecé a hablar de la gran cantidad de basura que generan los supermercados con ese inmenso volumen de productos que se venden en paquetes, principalmente aquellos que contienen plástico y cómo éstos, al ser desechados, contaminan la tierra, el agua y las plantas.

–Sí, pero nosotros en Estados Unidos reciclamos el plástico –dijo casi balbuceando mientras aceptaba otro ponche.

–Sí, pero es más el plástico que se genera que el que se recicla –continuaba yo el sermón– además, no creas que estás comiendo tan sano al consumir alimentos que vienen en paquetes de plástico, tetra pak o en latas, porque los químicos del plástico y de las latas se le transmiten a los alimentos que contienen. A las compañías productoras de comida empaquetada lo que les interesa es vender y después de eso, no les interesa lo que pase con la basura que sus productos generan o con la salud de las personas que los consumen. Siento que es una irresponsabilidad por parte de ellos exportar sus mercancías sobre todo a países donde no reciclan y toda esa basura termina siendo arrojada a los lugares más pobres y abandonados para que nadie se entere. ¿O tú te has preguntado a dónde van a parar todos esos plásticos de los productos que consumes? Lo que esas compañías deberían hacer es tomar la responsabilidad que les corresponde y hacerse cargo de su propia basura, los tianguis y mercados también generan basura pero la mayoría de esa basura se puede reciclar en la misma tierra y no tarda miles de años para desintegrarse como lo hace el plástico. Si seguimos así, ¡imagínate!, ¿qué planeta le vamos a dejar a nuestros hijos? Y qué ejemplo le estás dejando tú a los tuyos con tus acciones. Ellos aprenden de ti y son ellos los que transmitirán esas mismas acciones de "qué poco me importa" o "arréglatelas como puedas" a sus propios hijos. ¿No te dolería ver a tus hijos o a tus nietos viviendo en montañas de basura, plásticos y sustancias tóxicas, además de estar desnutridos y enfermos porque sus alimentos también están contaminados?

Esa última frase fue como si le hubiera tocado en donde más le dolía a Natalia, porque volteó a ver a sus hijos y de repente se soltó en un llanto incontrolable, empezó a pedir disculpas y decía constantemente con la voz un poco arrastrada:

–Es que yo no sabía todo eso.

Todos nos quedamos sorprendidos cuando se levantó de su silla y se dirigió a mí y me abrazó, más que como un gesto de amistad, lo hizo para no caerse. Ahí fue cuando nos dimos cuenta que estaba bien borracha.

–Y ora, ¿quién le dio tanto de beber? –preguntó Doña Gloria.

Una de las muchachas que servía el ponche dijo:

–Pues ella pedía ponche a cada rato y yo se lo serví, pero el ponche no tiene nada de alcohol.

En eso Doña Gloria volteó a ver a su hijo Roberto quien había estado sentado bien quietecito al lado de su esposa toda la noche, el muchacho no se pudo contener más y soltó la carcajada mientras le hacía señas a su mamá para que no dijera nada, tratando de evitar que su esposa se fuera a enojar al mismo tiempo que escondía la botella de licor que tenía bajo la silla.

Esa noche y gracias al alcohol, me convertí en la mejor amiga de Natalia, quien me dijo más de veinte mil veces lo mucho que me quería y me perjuro que iba a cambiar porque sus hijos se lo merecían.

Al día siguiente fuimos nuevamente a casa de Doña Gloria para ayudarle a limpiar su casa, yo la verdad no tenía ganas de ir porque no quería encontrarme con la Natalia sobria, pues me caía mejor la borracha, pero yo sabía que Doña Gloria necesitaba la ayuda. Llegamos a las ocho de la mañana, nos sorprendió ver que toda la familia había limpiado la casa y ya hasta estaban listos para desayunar. Nos ofrecieron quedarnos y yo inmediatamente dije que no, pues ya de por sí ellos eran bastantes, pero nos insistieron tanto que no pudimos negarnos, además esos huevos rancheros y divorciados que estaban sirviendo me convencieron de inmediato.

Natalia no se dejaba ver por ninguna parte y decidí preguntar por ella –no pues con la borrachera que se puso ayer ni para cuando que se despierte– dijo su esposo mientras su mamá le daba un golpe en la espalda con un trapo y le decía que no se hiciera el payaso.

Desayunamos alegremente y la plática, como siempre, se extendió. Natalia se apareció de repente dando los buenos días, estaba con restos del maquillaje del día anterior y un poco despeinada. Se acercó a la mesa algo tímida, su esposo que estaba sentado al lado mío se paró como resorte y le dijo: "aquí siéntate amorcito, al fin que yo ya terminé". Yo me sentí algo incómoda pues no sabía cómo tratarla después de lo de su borrachera, ni siquiera sabía si debía preguntarle cómo se sentía, no me lo fuera a tomar a mal. Natalia aceptó el asiento, le sirvieron un café de olla y unos chilaquiles quesque pa la cruda.

La saludé y después de un buen rato me animé a preguntarle cómo se sentía –pues ya con algo de comida me siento mejor– me dijo en voz baja, se acercó un poquito más a mí y me comentó en secreto –la verdad es que tengo una cruda que no me la aguanto, ¡ay que ridícula me he de haber visto anoche!

–No, no te apures, si nadie se dio cuenta –le dije, negando al mismo tiempo con la cabeza como para apoyar mi respuesta, mientras pensaba todo lo contrario en mi mente.

– ¡Ay, qué alcahueta eres! –me dijo echándose a reír.

–Oh, yo pensé que esas palabras no las conocías –le contesté.

–Sí, sí las conozco, pues mis papás son mexicanos, aunque sus padres se los llevaron a ellos cuando estaban todavía muy chiquitos a Estados Unidos, pero mis padres siempre me hablaron en Español –me dijo– si yo sé que a veces me porto muy altanera no sé por qué, pero lo que tú me dijiste ayer no se me ha olvidado, ya de lo último, de eso sí no me acuerdo mucho, ni me acuerdo cómo llegué a la cama, pero tu plática eso sí no se me olvida, –decía mientras seguía comiéndose sus chilaquiles– mira que me moviste el tapete como dicen acá, pero en cuanto pase la Navidad y el Año Nuevo, yo me voy a informar de todo lo más que pueda– dijo en un tono determinante mientras yo me preguntaba si serían todavía los efectos del alcohol los que estaban influyendo en sus palabras.

El desayuno terminó y ahí sí nos quedamos ayudando a lavar trastes y a limpiar la cocina. En cuanto terminamos de limpiar nos despedimos de todos y les deseamos una Feliz Navidad y un Próspero Año Nuevo.

Sabor a la Mexicana

–Hola, soy Natalia, ¿te acuerdas de mí? –sonó la voz desde el otro lado del teléfono.

Yo me quedé como suspendida en el aire sin saber qué contestar. ¿Sería la misma Natalia que conocí hace más de un año?, me preguntaba mientras ella seguía hablando.

–¿No te acuerdas de mí?, soy nuera de Doña Gloria –insistió la voz del teléfono mientras en mi cabeza quería enlazar un sinnúmero de preguntas todas relacionadas a esa llamada que para mí no tenía ningún sentido.

–Ah, sí –contesté casi titubeando–, ¿cómo estás?

–Bien, –me respondió– le pedí tu número de teléfono a tu mamá, espero que no te moleste –dijo con una voz algo tímida.

–No, claro que no, como crees –le contesté aún preguntándome el por qué de su llamada, pues desde aquella borrachera en que terminé siendo su gran amiga, jamás volví a escuchar de ella.

–Bueno, te llamo para contarte lo que hemos hecho, bueno, primero para agradecerte lo de aquella noche, –quería hablar tan rápido que sus palabras no tenían sentido–. ¡Ay, eso se oyó muy pornográfico!, ¿verdad?

Ella continuó platicando mientras yo trataba de entender lo que decía y finalmente se calló, dio un respiro profundo y continuó:

–Lo que quiero decir es que te agradezco todo lo que me platicaste aquel día de la posada porque eso nos sirvió para cambiar la forma en que mi familia y yo vivíamos. Fíjate que cuando regresamos de aquel viaje, me puse a investigar muchas cosas y pues, te llamo para además de agradecerte que me hayas quitado la venda de los ojos, para también decirte que ése fue mi puente a un mundo de información que nunca antes había escuchado y pues, es que te quiero contar tantas cosas que he aprendido, como por ejemplo los cereales que solía darles a mis hijos para el desayuno, pues resultaron que muchos contienen una cantidad tremenda de azúcar y que ni siquiera los nutrían, todo lo que hacían era prácticamente atontarlos, porque el azúcar todo lo que hace es adormecer al cerebro y crea una dependencia que, las personas, entre más azúcar consumen más azúcar demanda su cuerpo y casi todos los productos empacados, enlatados y envasados contienen azúcar. Cuando sumé los gramos de azúcar que se estaban comiendo mis hijos a diario, entre el pan, la mermelada, el cereal, los jugos y otras cosas, pues resultó que eran casi 32 cucharadas al día. Así que les quité los cereales de caja, los jugos envasados, el yogurt de sabores, la leche de chocolate que ya viene preparada y bueno, hasta la misma leche de vaca a la que le agregan azúcar para que tenga un sabor más agradable. ¡Ah!, también resolví el problema de sus alergias que, para mi sorpresa, estaban causadas por todos los lácteos los cuales generan una gran mucosidad en el cuerpo, pero principalmente por la leche que les daba, yo no sabía lo dañina que es, pues como está producida en una fábrica y no en una granja como solía ser a la antigüita, a estas vacas de fábrica no las sacan a que les dé el sol porque, por supuesto, a los empresarios lo que les interesa es la cantidad de producción de leche, así que, mientras más produzcan más ganancias obtienen. Además los empresarios no se preocupan de darles de comer a las vacas lo que naturalmente comen y las alimentan de puro maíz transgénico. También, como la producción es en gran escala, pues constantemente existe el peligro de la contaminación de alimentos porque las vacas orinan y cagan en el mismo lugar, pues los dueños no van a parar la producción para llevarlas a otro lugar a que hagan sus necesidades, lo peor es que, cuando se les acaba la leche a algunas vacas, de todos modos las siguen succionando, pues tampoco por eso van a parar la producción y a muchas de ellas hasta pus y sangre les sale, ¿te imaginas?, y para que no se enfermen pues les dan su buena dosis de antibióticos, y todo eso se le trasmite a le leche, a la que también le inyectan vitamina D porque, como te dije, a estas vacas nunca les da el sol, con todo esto, pues ahora hasta dicen que la leche industrializada es el principal factor causante de muchos problemas de salud, entre ellos el del aprendizaje de los niños en las escuelas, especialmente por el azúcar que le agregan. Fíjate que la industria de la producción de leche invierte millones de dólares para hacerle creer a la gente que la leche es un alimento básico del que dependen, sobre todo recalcan lo necesaria que es para el crecimiento de los niños, pero no hablan de lo peligrosa que es por el contenido de hormonas que les dan a las vacas para que se desarrollen rápido y produzcan más leche, ni tampoco hablan de la cantidad de antibióticos que contiene y el daño que causa porque matan nuestra flora intestinal. Estas fábricas se establecieron con la única finalidad de lucrar con la venta de la leche y desplazan a muchos pequeños granjeros quienes, al no tener clientes que compren sus productos frescos, ya que los pierden debido a que no pueden competir con los precios de las industrias; lo único que les queda por hacer para obtener por lo menos algo de dinero, es a través de la venta de sus tierras, las cuales muchas veces terminan en manos de la industria lechera o de la industria de bienes raíces; ésta última se beneficia con el crecimiento incontrolado de las ciudades, así es como se van perdiendo tierras de cultivo y los granjeros prefieren obtener aunque sea una pequeña remuneración por sus tierras a perderlo todo. Después, en estas tierras se construyen casas o, mejor aún, departamentos para sacarles más provecho.

Ella continuó compartiendo toda la información que había aprendido durante todo este tiempo que no nos habíamos visto, mientras yo me sorprendía con la descripción de todo lo que decía. Por instantes pensaba en aquellos tiempos cuando era niña y a mi familia todavía le llevaban la leche fresquecita por la mañana. También mi mente viajó a aquella casa que compartí con otros estudiantes mientras iba a la Universidad y en la que también llegaban a dejarnos esa leche tan deliciosa los chipileños. Les llamábamos así porque el lugar donde habían establecido sus granjas tenía el nombre de Chipilo. Me pregunté si ese lugar existiría todavía o si habría sido afectado por cualquiera de las razones de las que Natalia hablaba. Tampoco pude evitar recordar cuando en uno de mis viajes a Estados Unidos, mis amigas y yo nos preguntábamos por qué la mantequilla gringa era blanca mientras que la que comíamos en México tenía un colorcito amarillo intenso. Alguien nos había dicho que era porque los gringos se cuidaban mucho de no comer grasas, que por eso se la quitaban antes de venderla y eso alteraba el color de esa mantequilla, sin embargo lo que Natalia dijo sobre el maíz transgénico que le daban a las vacas me hizo pensar si no sería ese el motivo por el cual esa mantequilla gringa no tenía vida.

Natalia seguía hablando y por supuesto yo no quería ni podía interrumpirla –Fíjate que los pastelitos empaquetados que les compraba a mis hijos para premiarlos por haber sacado buenas calificaciones, qué poco sabía yo que contenían químicos derivados hasta del petróleo. Los sartenes y ollas que usaba para guisar, de esos que no se les pega nada, creo se llama teflón en español, contienen químicos que se quedan permanentemente en el cuerpo. Y tantos juguetes que les compraba por portarse tan bien, como me costaban un dólar, pues casi cada fin de semana les compraba unos cuantos y por poco me da un infarto cuando me enteré de las cantidades tan elevadas de plomo que contienen y es que, como todo se empezó a fabricar en China, pues uno no sabe ni lo que le ponen a las cosas; bueno, pues hasta la misma ropa que usamos contienen bastantes químicos de los cuales yo ni siquiera tenía idea que tu cuerpo los absorbe. Estos químicos se encuentran también en determinado tipo de sábanas, de muebles, de alfombras y otras tantas cosas. Yo no sabía de los elevados índices de toxicidad que hasta en mi misma casa había y que dicen que están relacionados con el aumento de muchas enfermedades que antes no existían y es que mucha gente se cree que todo lo que dicen en los comerciales es cierto, o al menos yo sí me lo creía; pues te dicen que si usas estos productos para limpiar, que tu casa va a estar brillando de limpia además de que va a quedar bien desinfectada; que si usas estos otros productos para comer, que te vas a alimentar muy bien y que vas a estar sano y fuerte y, bueno, hasta la pintura de la cara, el lápiz labial, los tintes de pelo y el esmalte de las uñas, todo es muy tóxico. Y yo que me preguntaba por qué estaba yo siempre tan alterada. Dejé de usar polyester y ahora uso ropa de algodón y fibras naturales, ¡ah!, y me fijo muy bien que no estén hechas en China, aunque me salga más caro, pues fíjate que nos hicimos un examen para determinar la cantidad de químicos tóxicos que había en nuestros cuerpos y ¡¿puedes creer que a mí me salieron 160?! Me explicaron que muchos de ellos provenían de la ropa que usaba, de los productos de limpieza del hogar, del maquillaje y hasta de la joyería de plástico y de metal. Ahora prefiero limpiar aunque sea con vinagre y bicarbonato de sodio y también he encontrado en las tiendas naturistas limpiadores que están hechos a base de plantas naturales que era lo que utilizaban los antiguos pobladores de estas tierras.

Esa información me sorprendió tanto que, mientras ella seguía platicando, yo recorría con la mirada cada espacio de mi departamento tratando de adivinar cuántos de todos esos químicos había en ese pequeño espacio.

Natalia seguía haciendo pequeñas pausas para tomar aire y continuar su relato:

–Me ha costado mucho trabajo desintoxicar nuestros cuerpos, pero ahí vamos, poco a poco, pues con tantas cosas a las que yo estaba tan acostumbrada, me es difícil a veces dejar de usar por completo todo, pero trato lo más que puedo; como me pasó por ejemplo con el horno de microondas que, yo sé que al calentar los alimentos solamente los destruye y uno termina por ingerir sólo la radiación que éstos absorbieron, pero finalmente me pude deshacer de él. Ya no consumimos nada que esté empaquetado en cajas o que venga en envases de plástico, o que estén enlatados o que hayan sido procesados en una fábrica, tratamos que nuestras frutas y verduras no contengan pesticidas, fungicidas o cualquier otro químico.

Pasaron casi tres horas cuando finalmente terminó su plática y digo su plática porque ni siquiera me dejó hablar. Antes de despedirse me preguntó que si quería que nos mantuviéramos en contacto para continuar intercambiando información, por último me dio la noticia de que su esposo había dejado su trabajo, que habían vendido su casa y que se habían comprado una casa en el campo con un gran terreno para sembrar y que la primavera les había traído sus primeros frutos los cuales los pensaban vender en los "farmer's markets", que son una especie de tianguis como los que tenemos en México.

–Nunca me imaginé verme así, en un mercado y vendiendo verdura –me dijo riéndose– antes la vida se me iba en levantarme, arreglarme muy bien, llevar a mis hijos a la escuela, de ahí pasaba a alguna que otra tienda para distraerme un rato para matar algo de tiempo y ahora, siento que me hace falta más tiempo para hacer todo lo que quiero.

Yo no pude evitar el pensar que tal vez si dejara de hablar tanto por teléfono sí le alcanzaría más el tiempo. Me habló de cómo se había juntado con otras personas para educar a la gente y orientarlos en cómo vivir una vida más sana. Me dio la sorpresa de que se había metido a estudiar periodismo y que se había propuesto seguir haciendo investigaciones sobre los alimentos mexicanos para continuar educando a la gente. Se despidió y me dijo que me seguiría manteniendo informada. "¿Más?", pensé dentro de mí, pues ya hasta las orejas me estaban doliendo.

Al colgar el teléfono reflexioné sobre el poder que tienen las palabras y sonreí al imaginarme a la nueva Natalia, quien en realidad se había empezado a convertir en una gran amiga.

Al principio Natalia me llamaba una vez a la semana y se quedaba platicando por horas, acordamos hablar los sábados por la noche para poder desvelarnos y no interrumpir nuestras actividades. Poco a poco sus llamadas se hicieron más esporádicas, pero cuando me sorprendía con una de esas llamadas, me daba gusto escucharla siempre tan animada.

Natalia me comentaba sobre lo último que se estaba haciendo en el lugar donde vivía para apoyar a los comerciantes locales y sobre la importancia que esto tenía para toda la gente que vivía dentro de esa comunidad, también de lo bien que les iba y de lo feliz y realizada que se sentía. Yo le hablaba de las plantas, alimentos locales y de mi creencia de que los habitantes de cada rincón del mundo cuentan con lo necesario para vivir una vida saludable, le ponía de ejemplo el salmón:

–Pues yo creo que si la gente de la India necesitara salmón el mismo planeta hubiera hecho que naciera en las aguas de ese país, así como también a la gente que vive en Alaska, si necesitaran comer determinados alimentos como los cocos, seguramente crecerían en ese lugar.

– ¡Ah! Pues ahora que estás hablando de esto –me interrumpió– déjame te cuento de un Doctor que destinó su vida a la búsqueda de la dieta más saludable que pudiera existir en el mundo. Bueno, pues el Doctor Weston Price, quien originalmente era un dentista, empezó a notar que sus pacientes tenían muchos problemas dentales, él les daba algunas recomendaciones pero los pacientes le preguntaban constantemente cual sería el motivo que les estaba ocasionando tantas caries y pérdida de dientes. Para este Doctor los dientes eran el reflejo de la salud general de cada persona. Durante sus años de práctica, él notó que año tras año, el número de pacientes con problemas dentales incrementaba constantemente y su curiosidad lo llevó a realizar diferentes viajes alrededor del mundo en búsqueda de una respuesta. Encontró que en los lugares más remotos y apartados completamente de la civilización, las personas mantenían una dentadura fuerte sin necesidad de pastas dentales o frenos para alinear los dientes, observó que en cada región se alimentaban de lo que encontraban en ese lugar, muchos de esos lugares no tenían ni siquiera carreteras. Ese Doctor recolectó todos los alimentos que, según observó, consumían en cada lugar. Buscando con esto investigar el contenido nutricional de cada uno de ellos. Sin embargo esos alimentos eran tan diferentes en cada población que la variedad de su colección era muy grande, ya que en unos poblados consumían más comida del mar, en otros más granos y legumbres, en otras leche cruda y sus derivados, en fin, que llegó a la conclusión de que efectivamente, la madre naturaleza proporciona los nutrientes necesarios para mantener una dieta sana dentro de cada población y no es sino hasta que la llamada "civilización" invade a esos remotos pueblos que los habitantes empiezan a cambiar su alimentación tradicional por comidas compuestas principalmente por alimentos procesados, harinas blancas, azúcar y la comida chatarra y es así como en dichas poblaciones se empiezan a presentar casos de caries y pérdida de dientes además de dientes torcidos en las nuevas generaciones. Bueno, te comento todo esto para decirte que después de haber leído todo sobre la investigación de este Doctor, yo estoy de acuerdo contigo.

–Me da gusto que concuerdes con mis ideas –le dije– aunque yo no he hecho todas esas investigaciones pues me he basado solamente en simple y mera observación.

Mi respuesta fue breve, por un momento sentí que debería investigar más sobre lo que yo pensaba, no sólo para apoyar mis teorías, sino para tener más que argumentar en esas pláticas que parecían siempre estar dominadas por Natalia.

Después de aquella llamada pasaron algunos años antes de volver a oír de Natalia, esta vez me platicó que ya se había graduado de periodismo y que actualmente estaba trabajando con una organización que se encargaba del estudio de los indios nativos de Estados Unidos y ella estaba encargada de recopilar información sobre los alimentos que ellos solían consumir.

–Fíjate que nos están preparando para una serie de retos a los que nos van a exponer, por el momento nos están dando una serie de conferencias sobre hierbas medicinales y flores silvestres. También hablaron de algunas tribus que habitaban ciertas montañas. Una chica de la clase que provenía de esas montañas le preguntó al profesor que no entendía cómo es que esas tribus solían sobrevivir, pues actualmente en ese lugar los habitantes dependen de todas las frutas y verduras que se producen en California además de los productos que les llegan de otros países. El profesor, quien parece que conoce a la familia de esta chica, le contestó que eso se lo preguntara a su abuelo quien tiene 100 años y sobrevivió en la montaña sin depender de productos de otro Estado ni mucho menos de otros Países –reímos las dos entendiendo el punto del profesor–. También me inscribí a un club que realiza viajes que los llaman de "sobrevivencia", es para aprender a ser autosuficientes. Nos vamos a ir a las montañas por toda una semana y el reto es aprender a valerse por sí mismo, me sale un poco cara la experiencia, pero mi esposo y yo estamos encantados de conocer más sobre lo que nos ofrece la madre naturaleza–. Ella continuaba su relato mientras en mi mente se cruzó el siguiente pensamiento: "¿Y para qué vas a pagar tanto dinero por la experiencia? Yo te llevo a la sierra de mi pueblo y ahí te dejo y hasta gratis te sale".

Se le oía muy emocionada. Me habló de que estos tipos de viajes son muy populares, mencionó que si nunca hubiera cambiado su forma de ver la vida, seguramente estas vacaciones en lugar de irse a las montañas, se hubieran llevado a sus hijos a Disneylandia, porque dentro de ella ahora entendía que el saber sobrevivir en cualquier terreno en caso de una emergencia, ese era el mejor legado que le podía dejar a sus hijos. Dentro de mí nuevamente pensé que Natalia estaba ya entrando a la exageración, aun así, le deseé mucha suerte y nos despedimos.

Pasaron algunos meses antes de que recibiera otra llamada de Natalia.

–Te tengo que contar –me decía emocionadísima, tanto que ni siquiera me preguntó cómo había estado yo todo este tiempo– Fíjate que aprendí de plantas, hierbas, animales y la variedad de hongos con las que se alimentaban los indios nativos de acá–. Contaba como siempre con esa emoción y esos detalles que me hacían viajar junto a sus memorias. Me habló de las costumbres y ritos de los nativos americanos, pero sobre todo del gran respeto que le tenían a la Madre Tierra y compartió conmigo un escrito impreso en un trozo de madera el cual adquirió durante su visita a las montañas.

–Te lo voy a traducir –dijo– más o menos dice así:

Los Diez Mandamientos de los Habitantes Nativos de Norte América

La Tierra es nuestra Madre, cuida de ella.
Venera a todas tus Relaciones.
Abre tu Corazón y tu Alma al Espíritu Supremo
Toda Vida es Sagrada.
Trata a todos los Seres con Respeto.
Toma de la Tierra lo que es necesario y nada más.
Haz lo que sea necesario hacer para el bien de todos.
Da gracias al Espíritu Supremo por cada día.
Habla la verdad –pero sólo para el bien de otros–.
Sigue el ritmo de la Naturaleza
– levántate al amanecer y retírate a
descansar cuando el sol lo haga–.
Disfruta el Viaje de la Vida, pero no dejes huellas.

– ¿A poco no está re linda? –me preguntó.

–Sí, claro –por lo menos me dejó decir algo.

–Estuve llenando mi solicitud para trabajar en diferentes lugares y cuál fue mi sorpresa que los mismos que hacen esos viajes de sobrevivencia también producen programas relacionados con la salud y el bienestar del ser humano y del planeta, y me ofrecieron un buen trabajo viajando y ¿adivina qué?, ¡yo voy a estar encargada de realizar unos documentales en México! –Apenas si podía contener su emoción.

– ¡Felicidades!, me da mucho gusto que te estés desenvolviendo en lo que te gusta –le dije con mucho cariño porque realmente me sentí muy contenta por ella.

–Me siento tan viva cada vez que conozco algo nuevo, me emociono tanto que me gustaría compartirlo con el mundo luego luego. Por eso te llamo, porque al llamarte siento que me lleno más de energía para seguir y empezar otro proyecto, y bueno, por eso te quiero preguntar si tú crees que me puedas acompañar en los viajes cuando estemos realizando las grabaciones en México, para mí tú serías un gran apoyo porque, aunque voy con el equipo de producción, pues ellos son puros hombres y, a pesar de que me llevo muy bien con todos ellos y hasta con sus familias, no hay como tener a una buena amiga con quien compartir estas experiencias, ¿cómo ves? –me preguntó con voz tímida y algo nerviosa, que para lo bien que se desenvolvía hablando me sorprendió, era como si tuviera miedo que rechazara su oferta.

–Claro que sí, –le dije, pues me parecía interesante el proyecto– siempre y cuando me avises con anticipación para hacer espacio en mi agenda y pueda avisar en mi trabajo si es que llega a ser necesario, pero claro que voy contigo, me encanta la idea.

Natalia se alegró tanto y me sorprendió más cuando me dijo:

–Por los gastos no te preocupes, sólo tú me avisas cuándo vas y nosotros te proporcionamos el boleto de avión, el hotel y la comida, porque de por sí necesitamos a alguien que sea de México para que nos sirva de guía y yo les hablé de ti.

–Pues así con mucha más razón voy contigo y me tomo mis días de enfermedad, mis vacaciones y hasta mis días de maternidad aunque no esté ni siquiera embarazada– las dos soltamos la carcajada y agregó:

– ¡Ay!, por eso me caes tan bien, porque siempre me haces reír.

Continuó hablándome de fechas y lugares donde estarían filmando y quedamos de encontrarnos para la primera filmación en Campeche. Nos despedimos y yo no podía creer que iba a estar viajando por México y conocer muchos lugares y cosas que solamente alguna vez escuché mientras mis padres hablaban de sus viajes.

A los dos meses me encontraba viajando en avión rumbo al aeropuerto de Campeche y apenas si podía aguantarme las ganas de ver a Natalia. Me intrigaba como sería ella ahora, pues la única imagen que recordaba era de aquella rubia con gafas para el sol y súper arreglada que alguna vez vi en el mercado.

Efectivamente, yo nunca hubiera encontrado a Natalia, aunque el aeropuerto de Campeche no es muy grande, fue ella la que se acercó a mí diciendo:

–Ya no soy güera, ¿cómo ves?

Nos saludamos y nos abrazamos por un largo rato, me di cuenta de cuánto la había extrañado. Su vestimenta era muy diferente a como solía vestir, su falda era larga y blanca y calzaba zapatos sin nada de tacón, su joyería era muy sencilla de artesanía mexicana.

Me llegó un olor muy suave como el de una flor y le pregunté:

–Hay un olor muy tenue por aquí, ¿lo puedes percibir?

–Soy yo, –me dijo– es aceite de gardenia, desde que me enteré lo dañinos que son los perfumes dejé de usarlos. Los aceites naturales son mejores y tienen poderes curativos, se usan como remedios para aliviar desde un dolor de cabeza hasta la sinusitis y a mí siempre me relajan.

–Te ves muy bien –le dije, pues ya no estaba flaca sino ahora tenía un cuerpo más atlético, con los músculos muy bien tonificados.

– ¡Ah!, es que en la televisora nos dan diferentes clases de ejercicios gratis, pues como nos dicen que tenemos que ser el ejemplo de lo que predicamos, nos ofrecen clases para balancear nuestro cuerpo y nuestra mente, además nos proporcionan el desayuno y el almuerzo para que nos sea más fácil mantener una dieta sana.

Entre más decía más sorprendida me quedaba, ese era el modelo ideal de un lugar de trabajo, pensé.

Seguimos platicando mientras esperábamos al resto de sus compañeros de equipo a quienes me iba presentando conforme iban saliendo del aeropuerto. La televisora les había proporcionado una camioneta blanca bastante grande la cual llevaron al aeropuerto y la dejaron enfrentito de nosotros. Nos subimos y nos dirigimos al hotel. Cuando llegamos ya nos estaban esperando los ejecutivos del hotel con un lugar exclusivo para que comiéramos. Los encargados del hotel nos dieron la bienvenida y se despidieron recalcando que si se nos llegaba a ofrecer algo no dudáramos en llamarlos.

–Oye que amables son –le dije a Natalia.

Y ella me contestó:

–Pues es que saben que los programas que estamos realizando a ellos les beneficia porque la televisora, al difundir estos programas, también promueve a los hoteles que emplean a personas pertenecientes a la comunidad, y todos salimos ganando, nosotros les proporcionamos turismo que es de lo que se mantienen.

Al terminar de comer todos nos retiramos a descansar pues se tenían que preparar para que al día siguiente empezaran a filmar.

El hotel no era muy grande, en alguna otra época había sido la estructura de una gran casa colonial de tres patios. En uno de ellos había una fuente en el centro, jardines alrededor y unas bancas para sentarse a disfrutarlo. En otro patio había una gran alberca y en el tercero había un laberinto con pequeñas piedras sobre arena de mar.

Una vez que llegamos al cuarto que compartíamos, Natalia me agradeció mucho mi compañía y me extendió enseguida unos papeles –Mira, ¿qué te parece? –me preguntó entusiasmada.

Yo leí el titulo y no entendí, ella observó mi gesto y dijo:

– ¡Sabor a la Mexicana!, ese es el nombre del programa, ¿qué te parece?

–Me parece muy bien, pero pensé que iban a tratar más de todo lo que es México y no sólo de sus platillos y alimentos –concluí asumiendo el contenido de los papeles.

–Pero claro que vamos a hablar de todo lo que es México, porque todo lo perteneciente a México se saborea, claro que cuando uno habla de sabores, uno se imagina algo exquisito en la boca y es que es cierto que, cuando algo sabe delicioso, uno se toma más su tiempo para deleitar al paladar, porque en cada bocado te vas saboreando cada ingrediente, es como un intercambio de energías.

Cuando dijo eso no pude evitar acordarme de aquellas mujeres con las que preparé los chiles en nogada años atrás.

Natalia continuaba su narración:

–Pero, ¿no crees que eso también pasa cuando oyes o ves algo que te alegra el alma? Tal vez una frase única, o una canción, o simplemente una melodía, o los sonidos de la naturaleza, cierras los ojos y te saboreas cada palabra o cada sonido. También sucede cuando ves una hermosa pintura, la ves detenidamente porque estás disfrutando cada detalle, si observas una flor o un paisaje, te tomas tu tiempo para saborear las imágenes que entran a través de tus ojos. Sabor a la Mexicana va a ser una serie de documentales para que la gente se pueda saborear México desde cualquier parte del mundo.

Mientras Natalia seguía hablando, yo observaba el reflejo de ese amor que ella sentía por este país en el cual nunca había vivido y me pregunté si sería necesario alejarse de él para realmente apreciarlo, pues dicen que uno nunca sabe lo que tiene hasta que lo pierde.

Al día siguiente las filmaciones se llevaron a cabo en el mismo hotel pero frente a la alberca, se refirieron específicamente al color del agua de la alberca que se asemeja mucho al mismo color del mar del Caribe.

–Ese color se logra gracias a la utilización de la resina de un árbol llamado Chucúm, el cual usaban los antiguos mayas como impermeabilizante para los pozos donde almacenaban el agua de la lluvia –decía Natalia en inglés describiendo con gran detalle todo el proceso. Observé lo bien que se desenvolvía frente a las cámaras.

A pesar que desde mi punto de vista la primera grabación había quedado muy bien, ellos realizaron varias filmaciones con el mismo libreto desde diferentes ángulos y continuaron grabando durante varias horas.

Finalmente llegó un descanso, Natalia se acercó a mí y le comenté que yo ni siquiera sabía la existencia de ese árbol y argumentó:

–Yo tampoco, por eso quería que vinieras conmigo, porque siempre es bonito aprender pero se saborea más el aprendizaje cuando tienes a alguien con quien compartirlo, ¿no crees?

Le di toda la razón.

–Sí claro, pero es una lástima que sólo pueda hacerlo por dos semanas.

–No te preocupes, –me contestó– en cuanto salgan los dvd's te voy a enviar la serie completa.

Se lo agradecí mucho, me sentí muy afortunada de tenerla como amiga.

Me encantó estar todo ese tiempo aprendiendo tanto sobre mi país, lo único que se me hacía algo aburrido era estar solamente observando el trabajo que realizaba el equipo de Natalia, ver cómo repetían tantas veces, desde diferentes ángulos, la misma escena y ver solamente segmentos de lo que formaría parte de todo un reportaje. De un árbol pasaban a hablar de un platillo y de un poco de historia, pero de todos modos traté de disfrutar lo que podía.

De Campeche nos trasladamos a Yucatán y ahí, finalmente conocí la famosa pitahaya de la que tanto hablaba mi papá, también al árbol del huaco que, según la persona a la que estaban entrevistando, se utiliza para la picadura de animales venenosos. Se habló también del árbol de anato del cual se extrae la semilla del achiote que se combina junto con la naranja agria en la preparación de varios platillos típicos de la península. Hablaron del establecimiento y desarrollo de la industria del henequén, de su auge, de su caída y del gran impulso que se le está tratando de dar nuevamente. Hicieron referencia también a un árbol típico llamado "huele de noche" el cual sus hojas desprenden un aroma que se utiliza para aliviar los dolores de cabeza. También mencionaron la chaya, una planta que los mayas veneraban por sus grandes propiedades alimenticias. Cuando se refirieron al pescado típico llamado boquinete no pude evitar pensar cuando conocí a Natalia, mi mente trajo cada detalle de ese día y cuando me di cuenta, ya me estaba yo carcajeando. Interrumpí la filmación con mi risa y me disculpé, mientras Natalia me miraba sonriendo, guiñó un ojo en una señal de complicidad que me dio a entender que ella también se acordó de lo mismo.

Llegó el día de mi partida, abracé muy fuerte a Natalia, pues la verdad me la había pasado muy bien junto a ella y a todo su equipo de trabajo. Sabía que la iba a extrañar. Ella me proporcionó una larga lista con las fechas, lugares y horarios en los que continuarían trabajando la cual leí en el avión durante mi trayecto de regreso, en esos papeles detallaban cada lugar en los que seguirían filmando.

Continuarían sus grabaciones en Quintana Roo y vi que estaba Cancún, Isla Mujeres, Chichen Itzá, Tulum y Playa del Carmen. Le dedicarían un día completo a Xcaret, lugar que describieron como ecoturístico, hablaban de ese lugar como un "Museo Vivo" en donde se promueven las tradiciones mexicanas desde la época prehispánica hasta la charrería y bailes típicos en un ambiente natural. También vi que de ahí irían a los Estados del Sur y después de Oaxaca se trasladarían a los Estados del Centro de la República, continuarían con Guerrero y los Estados de la Costa del Pacífico Norte, seguirían con los Estados del Norte y terminarían en Veracruz y Tabasco, de donde partirían de regreso a Estados Unidos.

Vi que tenían planeado hacer un programa dedicado exclusivamente a los tamales y entendí por qué tanta insistencia en conocer la preparación completa del tamal yucateco, el cual era otra de las cosas de las que yo tampoco nunca antes había oído de su existencia. Me quedé pensando en todo lo que había aprendido y que no conocía aun siendo mexicana, en ese momento sentí un agradecimiento profundo por aquellos que se dedican a promover la historia, cultura y costumbres de México, pero en especial por aquellos que viven día a día esa cultura y esas costumbres, sin dejarse invadir por la influencia de ideas y costumbres extranjeras que contribuyen, en gran escala, para que lo nuestro muera poco a poco cada día. Reflexioné al pensar que la compañía que estaba apoyando esa producción de documentales de los que Natalia era parte, no era mexicana y estos programas tampoco tenían la finalidad de difundirse en México porque eran completamente en inglés. Me quedé suspendida en mis pensamientos, ¿cómo hacer para que el mexicano aprecie a este país tan rico que tiene?

Aprovechaba cada oportunidad que tenía para alcanzarlos en donde estuvieran filmando, aunque fuera tan sólo por un fin de semana o en cada puente vacacional, aunque realmente no podía disfrutarlo igual. En Chiapas sólo vi partes de las zonas arqueológicas de Palenque y sólo pude disfrutar unas horas de las bellas cascadas de Agua Azul, pero estoy segura que también le habían dedicado un día completo a la filmación del famoso tamal chiapaneco. Entre grabaciones y horas de transportación, me encantaba leer los guiones de filmaciones futuras, en una de ellas hablarían de como el chapulín pasó de ser una plaga para convertirse en una parte de la alimentación del mexicano, sobre todo en una especie de golosina rostizada la cual se puede comer sola o un poquito más sofisticada, ya sea bañada con chile o con chocolate. Encontré otro libreto que contemplaba las grabaciones que harían en Pátzcuaro Michoacán, en donde hablarían del famoso Lago de Janitzio en el que realizarían un reportaje especial de las famosas embarcaciones de los pescadores conocidas como "mariposas" y del peligro de extinción que corre el pez de ese lago, del cual esa región ha dependido por generaciones. También tenían contemplado hacer una filmación especial de la famosa celebración del Día de Muertos a la que se referían como algo que es conocido y apreciado en muchos lugares del mundo. Me emocioné cuando encontré unas hojas en las que describían un reportaje especial el primero de mayo en Otumba, Estado de México, para observar las celebraciones del día del burro y cómo la gente de este lugar acostumbra disfrazar a este animal tan noble para rendirle homenaje.

Me volví a incorporar a la aventura tras pedir un permiso especial en mi trabajo. Los alcancé en Oaxaca en donde me quedé sorprendida al ver cómo la gente se estaba organizando para no perder sus costumbres zapotecas de la fabricación textilera artesanal. Algunos de ellos expresaron cómo su vegetación había sido dañada cuando cambiaron sus sistemas tradicionales de fabricación e introdujeron productos modernos para facilitar su trabajo, como sucedió con el caso del jabón industrial para lavar la lana del borrego ya que, aunque limpiaba la lana más rápido, al mismo tiempo contaminaba el agua. De la misma forma pasó con otros productos modernos como fue el caso de la utilización de fungicidas para desinfectar la lana. Sin embargo ahora, se habían reintegrado a sus antiguas técnicas con fungicidas hechos a base de especies naturales como el ajo, la alfalfa y el chile, y dejaron de utilizar el jabón comercial en los ríos. Ahora el agua con que lavan la lana, como no tiene ningún contaminante, la reciclan en los mismos cultivos, haciéndolos una comunidad realmente autosuficiente. Me sorprendió ver cómo formaban los diferentes tipos de colorantes con productos naturales y de cómo cambia la tonalidad de esos colores al agregar mayor o menor cantidad de cada ingrediente. Esos productos naturales que utilizan son la piedra caliza, el limón, la miel, el bicarbonato de sodio, la granada y hasta el huitlacoche, entre muchos otros, los cuales se han venido utilizando por miles de años para la elaboración de obras artesanales como jarrones y figuras de animales que, para ellos, representan el tipo de protección que cada ser tiene en la tierra, como coyotes, búhos, perros, iguanas y muchos otros. En la coloración de zarapes, cobijas y otras prendas hablaron del uso de una planta llamada muitle para obtener el color azul y la del cúrcuma para obtener el color amarillo. Las creaciones artesanales son consideradas verdaderas obras de arte en muchas partes del mundo.

Paramos en un cultivo de magueyes en donde pudimos observar cómo sacaban el aguamiel de un sólo maguey, la persona encargada del lugar nos explicó que el aguamiel, en cuanto se empieza a fermentar, se le llama pulque. Una señora indígena se nos acercó y nos dijo que esta bebida está repleta de muchas vitaminas y que ellos la usan para limpiar y purificar la sangre. Nos dijeron que un maguey puede producir aguamiel hasta por un período de 6 meses, dando una totalidad de aguamiel de alrededor de mil litros. Constantemente hacían referencia a la importancia que estas bebidas fermentadas tienen para el sistema digestivo. Nos hablaron de la nobleza de la planta del maguey, ya que un maguey tarda en madurar de 18 a 20 años, a esa edad al maguey se le puede sacar ya el aguamiel, que es una bebida rica y refrescante para los habitantes de la región, pero además ese líquido está lleno de nutrientes, los cuales se van incrementando conforme el maguey incrementa la producción del aguamiel día tras día, también recalcó que un vaso de vez en cuando era más que suficiente, porque todo en exceso es malo.

Nos llevaron a ver cómo ellos terminaban de fermentar el aguamiel con un poco de pulque del día anterior. Durante la preparación del pulque, nos ofrecieron un vaso de una bebida llamada "tejate" que está hecha a base de la semilla de mamey, algo que llaman cocohuil, flores de cacao, semillas de cacao y granos de maíz, todos estos ingredientes son rostizados, molidos en el metate y finalmente, cuando todo queda en forma de masa, se pone en una olla y se le agrega agua y azúcar de caña. Mientras observábamos todo el proceso, una señora nos hablaba de lo importante que era moler los ingredientes en metate y no en procesadores de navajas, ya que el calentamiento que las cuchillas producen al rotar, llegan a cocinar de alguna forma los alimentos y con esto se pierden muchos de los nutrientes que en ellos se encuentran, como sucede en el caso de la preparación de nuestras salsas, que ahora se hacen en licuadora y se muelen los ingredientes con las navajas a altas velocidades. En contraste, cuando las salsas se preparan en metate o molcajete se produce una combinación muy especial entre los ingredientes, empezando con el ajo y la cebolla que son la base de nuestras salsas, al molerse juntos producen ciertas enzimas que resultan ser muy benéficas para evitar problemas respiratorios y digestivos. Eso me remontó a cuando veía a mi mamá en la cocina frecuentemente haciendo su guacamole y sus salsas en el molcajete para acompañar las comidas, siempre empezaba por machacar el ajo y la cebolla con el tejolote, recordé lo sabrosas que me sabían esas salsas y empecé a sentir hambre, lo bueno es que la gente siempre es tan hospitalaria en México que ni siquiera nos preguntaron si teníamos hambre, cuando nos dimos cuenta y mientras la plática seguía, salieron unas mujeres de la cocina con unos platos que contenían tortillas tostadas muy grandes, pues una sola tortilla abarcaba casi todo el plato, cada una tenía frijoles, salsa hecha en molcajete y queso oaxaca y en cuanto nos preguntaron; "¿gustan unas tlayudas?"; nadie dijo que no. Una sola tlayuda y quedamos bastante llenos y satisfechos, le comenté a la señora que la salsa en particular estaba deliciosísima y me contestó que era porque le agregaban sal de gusano de maguey, nos explicó que ponen a los gusanos en sal por unos días, después le agregan chile seco y lo muelen, con eso por lo regular guisan casi todos sus platillos. Nos dijo que el gusano contenía bastante proteína, por mi parte me preguntaba cómo era que esta gente, que prácticamente no había asistido a la escuela, supiera más sobre alimentación que inclusive muchas personas que han egresado de la Universidad, como era mi caso.

El día siguiente estuvo dedicado al delicioso tamal zapoteco el cual se hace con maíz molido recién salidito del nixtamal. Forman primero una especie de tortilla no cocinada y a la que ponen dentro de unas hojas de maíz, ahí le agregan los ingredientes, pollo y una salsa llamada "amarillo", cierran la tortilla y la envuelven en hojas de maíz a las que previamente habían ablandado en agua tibia, finalmente los ponen a cocer en una olla de barro a la que primero le ponen unas hojas de maíz y un poco de agua, después de poner los tamales, la cubren con más hojas secas de maíz.

Me encantó comerme una concha con un chocolate recién hechecito mientras observaba el proceso de preparación de los tamales, al chocolate no le agregaron leche, algo a lo que yo estoy muy acostumbrada, sino solamente agua, yo me imagine el sabor muy diferente a aquel con el que crecí, sin embargo para mi sorpresa estaba bastante espumoso y cremoso. Por supuesto, una vez cocidos los tamales, nos ofrecieron probarlos y claro, no pudimos decir que no. Estaban tan deliciosos que nos comimos casi todos y les preguntamos si ellos no iban a comer, nos dijeron que no, que esos tamales los habían preparado para un bautizo que tendrían al siguiente día en el pueblo, ya que era un platillo que solamente lo hacían para ocasiones muy especiales. Nos avergonzamos de habernos comido casi todos los tamales, pues pensamos que los habían hecho exclusivamente para nosotros. Con la sencillez que distingue a nuestro pueblo mexicano, nos dijeron que no nos preocupáramos, que les había sobrado bastante salsa y pollo y que harían más por la tarde.

Nos fuimos a descansar y Natalia me comentó que la siguiente filmación se centraría en la producción del mezcal, le comenté que no nos lo fuéramos a terminar como lo hicimos con los tamales o acabaríamos como cuando la conocí, reímos a carcajadas y la dejé que se dedicara a su trabajo mientras yo decidí leer un libro.

Por la mañana nos despertó el canto del gallo y continuamos el viaje. Paramos en una pequeña casa en la que estaban partiendo la piña del maguey, nos pasaron a la parte de atrás de la vivienda para que observáramos el horno donde cocían la piña del maguey. El horno era del tamaño de una recámara, se encontraba en el patio trasero de la casa, desde ahí vimos otro patio grande en donde había una rueda enorme de piedra que estaba guiada por un caballo que giraba alrededor de una plataforma en forma de círculo. Yo había pensado que iríamos a una especie de destilería grande, nunca me imaginé que la producción de mezcal todavía fuera realizada de una forma tan rudimentaria.

Pararon de filmar un rato para que probáramos los diferentes tipos de mezcal que elaboraban y entre uno y otro trago, les comenté:

–Mi mamá solía decir en las fiestas familiares: "el que vino, vino a tomar vino y si no, ¿a qué vino?"

Todos reímos y un señor dijo –pues aunque no lo crea, nosotros tenemos nuestra propia frase– y tras asegurarse que todos tuvieran mezcal en su vaso, levantó su brazo en señal de brindis y dijo:

–Para todo mal mezcal, para todo bien también.

Alguien hizo el comentario que ojalá siempre fueran más bienes que males y por alguna razón volví a observar ese intercambio de energías con la que nos estábamos retroalimentando, ¿o sería el mezcal que ya me estaba haciendo efecto?

Al día siguiente de conocer la producción de mezcal, me tuve que regresar nuevamente a mi lugar de trabajo, sin embargo Natalia trataba de llamarme para informarme de lo nuevo que habían filmado. Un día me comentó que había visto cómo unos pequeños gusanitos llamados "cochinillas" los ponían en nopales para alimentarlos y cómo éstos servían de base también para la formación de diferentes colores para teñir artesanías, pero lo que más le emocionó fue enterarse que algunas compañías estaban reconociendo el daño de los colorantes artificiales en el cuerpo y estaban optando por incorporar este tipo de colorantes naturales en la manufacturación de productos tanto alimenticios como de cosméticos. Me comentó que también aprendió que una de las formas en que los colorantes artificiales dañan al cuerpo es debido a que, cuando son ingeridos a través de los alimentos empacados que los contienen, estos nunca se digieren, se quedan pegados en los órganos internos, mientras que los colorantes naturales son fáciles de digerir. Me comentó que se desviarían de su ruta para filmar en Puebla, que de ahí se irían a Guerrero y posteriormente a Michoacán; tenían que hacer tiempo para que pudieran filmar ciertas celebraciones de lugares específicos en fechas precisas. A mí me encantó oír esta modificación porque podía trasladarme fácilmente a Puebla.

Estuve con ellos recorriendo la ciudad colonial de Puebla que me encanta, aunque llegué cuando ya estaban terminando su recorrido, de ahí nos fuimos a Cholula e hicieron un reportaje especial de la pirámide la cual se encuentra ubicada bajo una iglesia. El guía comentó que esa era la forma en que los conquistadores españoles imponían sus creencias religiosas a los habitantes de estas tierras, los obligaban a enterrar sus templos y a construir Iglesias por arriba de los mismos, el guía comentó: "Esta pirámide sobrepasa a las pirámides de Egipto".

Subimos a donde está localizada esa iglesia y desde ahí pudimos observar al Popocatépetl y al Iztaccíhuatl, nos quedamos admirando la belleza de esos volcanes, mientras el guía relataba la famosa leyenda: "Popocatépetl era un gran guerrero quien se enamoró de una princesa azteca llamada Iztaccíhuatl, el padre de ella lo envió a él a una batalla y le dijo que sólo podría casarse con su hija si regresaba victorioso. Poco después de su partida se corrió el rumor de que él había muerto en batalla, cuando la princesa Iztaccíhuatl oyó la noticia, ella enfermó de tristeza y murió de amor. Popocatépetl regresó victorioso de la batalla pero se encontró con la noticia de que su amada había muerto, él cargó el cuerpo sin vida de su adorada Iztaccíhuatl, la llevó lejos de ese lugar y la recostó sobre un hermoso bosque, colocó una gran antorcha cerca de los dos para poder velar a su amada eternamente. Desde entonces el volcán Iztaccíhuatl se conoce como la mujer dormida y el humo que sale del volcán Popocatépetl representa a esa antorcha humenante".

Nos dio el atardecer y observamos las luces del centro de la ciudad de Puebla, desde ahí pudimos ver a la distancia el alumbrado del Zócalo y de la hermosa Catedral.

Al día siguiente nuevamente me tuve que regresar a mi trabajo y Natalia tardó más de una semana en llamarme, me comentó que habían ido a Tehuacán Puebla, que ahí habían estado en el Museo del Agua, en el cual están tratando de preservar la vegetación del lugar a través de sistemas naturales que puedan, de alguna forma, atrapar el agua de la lluvia en lugares en los que antiguamente había pequeños lagos, mencionó que para integrar esos sistemas se habían basado en conocimientos y diseños que se utilizaban antes de la llegada de los españoles. También me habló de los purificadores naturales de agua que tienen en ese museo.

Casi al final de nuestra conversación interrumpió nuestra despedida para comentarme que no quería olvidarse de platicarme sobre el jardín botánico al que fueron después de que yo me regresé de Puebla, lo visitaron al día siguiente de mi partida, ahí conocieron la planta de amaranto y otras especies de plantas nativas de México de las que nunca antes había escuchado, me insistió que estando tan cerca no lo podía dejar de visitar porque estaban cultivando lo más típico y característico de la región.

¡Ah!, –nuevamente interrumpió tras otro de nuestros intentos por despedirnos–. Fuimos a un mercado muy grande, lo conocen como el mercado de Tepeaca, es inmenso, tienes que ir a verlo, ahí venden de todo, bueno, ¡hasta una vaca puedes comprar!

Hablaba entusiasmada mientras yo me preguntaba qué haría yo con una vaca en mi departamento. Hice la promesa que regresaría para conocer no sólo el jardín botánico, sino también iría a Tehuacán a conocer el museo del agua y aunque ya había visitado alguna vez el mercado de Tepeaca, pues nunca estaba de más regresar a disfrutar ese inmenso mercado en el que uno puede caminar por horas y no terminar de ver todo. También en mi lista no puede faltar Chipilo, ¿ordeñarán a las vacas a la antigüita todavía?; ¿o se habrán dejado invadir por la tecnología y el crecimiento de la ciudad?, me pregunté.

¡Regionalízate!

Durante casi dos meses mi trabajo me impidió seguir realizando esos viajes a las grabaciones de Natalia. Las reuniones familiares nunca faltaban y aunque no había visitado a Natalia por mucho tiempo, tenía siempre tanto que contarle a mi familia de lo que había visto y aprendido. Fue precisamente un sábado por la tarde durante una reunión familiar que Doña Gloria se apareció de repente en la casa de mis padres para darme la noticia de que la camioneta en la que viajaba el equipo de Natalia había tenido un accidente y que tenía que trasladarse a Michoacán, me pidió de favor que la acompañara. Salimos de inmediato, nos acompañó Cristóbal, el hijo mayor de Doña Gloria, quien manejó durante todo el trayecto. En el carro no se escuchaban más que el llanto de Doña Gloria y mi voz tratando de consolarla, ella estaba sentada conmigo en la parte trasera del carro.

Llegamos pasada la media noche al hospital que le habían indicado a Doña Gloria. Mientras nos acercábamos al módulo de información sentí cómo se me aceleraba el corazón y experimenté un temblor en las piernas, mientras presentía lo que estaba a punto de ocurrir, al mismo tiempo mis pensamientos negaban constantemente que algo malo le pudiera haber pasado a Natalia. El doctor se acercó a nosotros y sin mucho titubeo nos dijo que Natalia había muerto, le dio el pésame a la señora y le pidió a Cristóbal que lo acompañara a llenar unos papeles. Yo trataba de consolar a Doña Gloria como podía. Las horas se me pasaron muy rápido, familiares y amigos llegaban y platicaban entre ellos. Yo me quedé sentada en una esquina, apartada del grupo, algunos de los familiares que llegaban y me alcanzaban a ver, me saludaban desde lejos y de prisa. Ya al amanecer llegó el esposo de Natalia y sus hijos, todos se abrazaron, después de un corto lapso algunos integrantes de la familia se llevaron a Roberto, a sus hijos y a Doña Gloria a otro lado y de ahí ya no los volví a ver. El resto de los familiares se repartían en grupos, iban y venían de un lado a otro. Alguien se me acercó y me pidió que me regresara a mi casa con Cristóbal ya que él tenía que ir por unos documentos legales que se necesitaban.

Por alguna razón todo el trayecto de regreso estuvo dominado por un silencio total, también me di cuenta que mi mente no había producido ningún pensamiento, era como si estuviera viviendo algo ajeno a mi vida.

Al llegar a mi casa me senté en el sillón de la sala y de ahí no supe cuánto tiempo pasó. El sonido del teléfono me despertó, traté de coordinar mis pensamientos y por un momento, creí que todo había sido un sueño. Contesté el teléfono pensando que seguramente sería Natalia para conversar nuevamente por largas horas, pero no, la llamada provenía de mi trabajo, querían saber cómo me encontraba ya que una de mis hermanas había llamado para comunicarles lo que había sucedido, se me hizo un nudo en la garganta que no me dejó contestar, empecé a llorar sin consuelo, me dijeron que tomara las cosas con calma y si era necesario, que me tomara unos días para recuperarme.

Colgué el teléfono y me di cuenta que nunca pregunté nada con respecto a los planes que la familia de Natalia pudiera tener. Pensé si trasladarían los cuerpos a Estados Unidos o los tendrían todavía en México, pensé si se realizaría algún funeral. Los pensamientos llegaban y se iban en grandes cantidades, me invadieron un sinnúmero de preguntas y tras dudarlo, decidí llamar a la casa de Doña Gloria. Después de varios intentos sin que nadie contestara el teléfono, quise creer nuevamente que todo había sido un sueño y que Natalia me sorprendería nuevamente algún día con esa llamada inesperada. Pero conforme empezaron a pasar los minutos, empecé a comprender que eso ya nunca se repetiría. Me senté nuevamente en el sofá y recosté mi cabeza sobre el respaldo, empecé a recordar diferentes momentos que pasé con ella, su alegría, su determinación y ese espíritu de aventura que a fin de cuentas fue lo que nos llevó a convivir juntas y a compartir tantas cosas.

Pasaron casi ocho meses desde que Natalia tuvo ese terrible accidente que le arrebató la vida, durante ese lapso de tiempo yo aún me perdía en el engaño de volver, de alguna forma, a oír nuevamente de ella. De repente sentía su presencia cuando mi mente viajaba y tras recordar algunas de nuestras vivencias, me encontraba riéndome sola, sacudía la cabeza como para sacar esos pensamientos de mi mente y reintegrarme nuevamente a mi rutina diaria.

Una tarde al llegar a mi casa, me sorprendió ver en el correo un paquete que provenía de Estados Unidos, vi el remitente que decía Natalia Blanco y su dirección, mi corazón se empezó a acelerar mientras trataba de abrir el paquete con mis manos las cuales apenas podía tener control sobre ellas porque los nervios empezaron a dominarme. Entre miles de preguntas que pasaban por mi mente, se me hacían eternos los segundos mientras al mismo tiempo negaba la posibilidad de que ella estuviera viva, no podía ser posible, aunque francamente, en el fondo de mi corazón, permanecía una pequeña llama de esperanza.

Al abrir el paquete lo primero que encontré fue una carta, era de Roberto y empecé a leerla. Roberto se disculpaba por no haber tenido atenciones conmigo el último día que nos vimos en el hospital, decía que estaba en un estado de shock y que apenas si pudo comprender lo que había sucedido ese día, su forma de expresarse me pareció muy familiar a lo que yo había experimentado en esa misma ocasión. Comentaba también que apenas se estaba recuperando de haber perdido a Natalia y que todavía le costaba trabajo creer que ella ya no estuviera a su lado. "Los papeles que te envío son parte de lo poco que se pudo recuperar después del accidente, son escritos que Natalia estuvo realizando por mucho tiempo y que sé que a ella le hubiera gustado que tú te quedaras con ellos", decía el resto de la carta.

Puse la carta a un lado, tomé el paquete y me lo llevé conmigo hasta el sofá, poco a poco fui leyendo el contenido de cada papel, los cuales no estaban en orden de secuencia, muchos de ellos estaban arrugados y con manchas de tierra, había algunos escritos a mano y otros impresos, algunos hablaban de la experiencia de los viajes que estaba realizando, otros de la gente que había conocido, me encontré con uno titulado "nuestra familia campesina" del cual un párrafo llamó mi atención "si no inviertes tu dinero en quien realmente te alimenta, ellos se verán desplazados por las grandes empresas y terminarán vendiendo sus tierras para luego irse a Estados Unidos y tu terminarás tomando leche industrializada que llega a contener hasta pus y sangre de miles de vacas a las que nunca les da el sol y a las que tienen almacenadas por montones sin poder moverse durante toda su vida, al igual que muchos otros animales que son utilizados para el consumo de la población creciente con insaciable demanda de carne. Estos animales viven hasta en su propio excremento, muchos no llegan ni siquiera a caminar porque nacen, crecen y se mueren unos encima de otros. Tus alimentos serán manipulados a conveniencia de quienes controlan esas industrias. Apoya a los artesanos quienes crean y trabajan con amor el legado de nuestros antepasados, de eso viven, no les quites el pan de cada día comprando cosas hechas en China que sólo imitan el trabajo de los nuestros. Entendamos que los chinos al vender esas imitaciones a un precio mucho más barato, enriquecen su economía y desestabilizan la tuya. Cuando compras mercancías baratas procedentes de otros países, tú te estás ahorrando un dinero hoy pero a costa del beneficio y bienestar de las generaciones del mañana. Si tu dinero no apoya a la economía local, realmente no estamos creciendo como país".

La siguiente hoja contaba una anécdota de cuando ella había estudiado francés, algo que yo nunca supe sino hasta ese momento: "Mi profesor de francés en una ocasión nos dijo que nos sintiéramos orgullosos de nuestras raíces, él era originario de Francia y nos comentó que hubo un tiempo en que estuvo trabajando en algunas oficinas de gobierno en Francia. Unos turistas estaban tratando de llenar unos papeles pero no entendían lo que estos decían, él se les acercó para ayudarlos y les preguntó de dónde provenían, ellos les dijeron que de México y se pusieron a platicar. Él les habló de lo mucho que admiraba todo lo relacionado a México, les platicó de la cultura Zapoteca y de que él tenía muchas ganas de visitar México algún día, sobre todo para ver la forma como se realizaban las artesanías coloreadas a base de pintura natural; les preguntó si ellos sabían de la localidad exacta en donde se encontraba ese lugar, ellos le dijeron que no tenían idea de eso y le preguntaron si no estaría confundiendo a México con algún otro país. El profesor comentó que de alguna forma él se sintió algo triste de que esas personas no conocieran su cultura y nos dijo firmemente: "No dejen que un extranjero les venga a hablar sobre las raíces y costumbres de su propia patria, aprendan y hablen con orgullo de ella".

Decidí continuar leyendo sus escritos y tomé otra hoja pero se vino todo un paquete de hojas engrapadas, la primera tenía letras grandes, se titulaba "SABORES DE MÉXICO, una compilación de alimentos tradicionales y sus cualidades nutricionales". Sus primeras líneas decían: "Si la riqueza de un país estuviera valorada por sus tesoros naturales alimenticios, México estaría dentro de los países más poderosos del mundo, pues posee una variedad de alimentos naturales con un alto valor nutricional que, al combinarse, crea una variedad de sabores que no sólo sirven para relajar el alma cuando los comemos, sino también han sido la fuente de vida y salud del mexicano por siglos. Mucha de esa variedad de alimentos que la Madre Naturaleza ha brindado a los mexicanos se han ido perdiendo por varios motivos, entre los cuales uno de los principales es la decadencia entre la población del consumo de esos alimentos, siendo una de las razones que el mexicano ha adoptado un estilo de vida muy diferente imitando y siguiendo el modelo establecido por los países desarrollados, principalmente por Estados Unidos. Otra razón es que, junto con la adaptación de un estilo de vida más acelerado y lleno de stress, a la población joven se le está alimentando principalmente con un tipo de comida que no es originaria de este país y que está integrada a base de harinas blancas, hamburguesas y bebidas artificiales, todas con un bajo valor nutricional, pero que es rápida y conveniente para el consumidor. A esto se le suma el gran apoyo financiero que se les da a estas empresas de comida para que invadan con comerciales los medios de comunicación y así garantizar la venta de sus productos y por ende, su lucro.

El objetivo que se pretende con este escrito es que transmitamos esos valores a nuestros hijos para que ellos, a la vez, lo transmitan a los suyos. No dejemos que la riqueza de nuestra patria quede al olvido porque México cuenta con una gran variedad de fuentes alimenticias suficientes para vivir sin depender de los altos y bajos de la economía. Estas fuentes alimenticias no sólo son muy deliciosas, sino también muy nutritivas y para muestra basta un botón:

SABORES DE MEXICO

CHAYA: Y la pongo al principio porque esta planta es una de las más poderosas con la que contamos los mexicanos. Venerada y consumida desde la época de los mayas, la chaya, supera por mucho a la alfalfa y a la espinaca. La chaya contiene un alto contenido de calcio superando por un margen de más de 400% a la alfalfa y por más de 350% a la espinaca (esto va para aquellos que pensaban que el calcio solamente se podía obtener a través de la leche).

Me reí pensando en esas pláticas en las que compartíamos nuestros conocimientos siempre con una dosis de buen humor. Me integré nuevamente a la lectura.

Además la chaya es rica en proteína, vitamina A y hierro (y esto va también para aquellos quienes creen que la proteína solamente se puede obtener a través del consumo de la carne).

Dibujó una carita feliz al final de esta frase la cual me hizo a mí también sonreír y continué leyendo:

Además, el consumo de la chaya ayuda a mejorar la circulación de la sangre, ayuda a la digestión, a mejorar la visión, a desinflamar las venas, a aliviar las hemorroides, ayuda a bajar de peso, reducir el colesterol, a prevenir la tos, incrementa la absorción de calcio en los huesos, descongestiona y desinfecta los pulmones, previene la anemia al suplementar hierro en la sangre, mejora la memoria y el funcionamiento del cerebro además de combatir la artritis y la diabetes, (y eso también va para aquellos quienes creen que sólo comiendo salmón pueden mejorar la memoria).

No pude evitar reírme al recordar cuando nos conocimos, me pregunto si ella se acordaría de lo mismo cuando estaba escribiendo estas líneas. Me quedé sorprendida con todo los poderes de esta planta, también me pregunté cuándo era que Natalia tuvo tiempo para investigar esto, aunque también sería parte de lo que aprendió mientras realizaban las filmaciones. De repente se me vino a la mente su maestro de francés y sentí un poco de vergüenza, pero me la aguanté y seguí leyendo.

NOPAL: No en vano este alimento está plasmado en nuestro símbolo patrio, "nopalli" como se le conoce en náhuatl, contiene tantos nutrientes como calcio, potasio, fósforo, sodio, vitamina A, B, C, K, entre otras cosas. Sus nutrientes ayudan al sistema inmunológico, glandular, nervioso, circulatorio, digestivo y respiratorio. Es un antibiótico natural y tiene propiedades antioxidantes. Ayuda a la regulación del colesterol y del azúcar en la sangre, además de ser muy bueno para desintoxicar el cuerpo.

¿Así que no solamente estoy matando el hambre cuando me como un taco de nopales sino también me estoy desintoxicando? Me pregunté a mí misma.

TUNA: Fruta del nopal la cual también se encuentra estampada en nuestro símbolo patrio y de la misma forma que lo hace el nopal, la tuna representa a la cultura mexicana. La tuna es una fruta jugosa, dulce y se da en diferentes variedades de color, en general la tuna contiene vitamina C y es rica en calcio. A pesar de ser una fruta dulce contiene un índice glucémico bajo. Las tunas son buenas para mantener un estado óptimo de los riñones y de las vías urinarias.

"Ah, pero me la he de comer aunque me espine la mano", pensé dentro de mí.

RUDA: Esta planta se utiliza para provocar la menstruación en las mujeres que padecen de reglas irregulares. También ayuda a la expulsión de las lombrices intestinales. Contiene altos índices de vitamina C y ayuda al mejoramiento de la circulación.

Recordé a Lupita y esa visita tan lejana que parecía que la hubiera vivido apenas ayer.

PULQUE: El aguamiel se fermenta aproximadamente en cuatro horas al estar expuesto a los rayos del sol, el aguamiel se fermenta más fácilmente cuando se le agrega un poco de pulque sobrante del día anterior. Esta bebida entre otros nutrientes tiene vitaminas y es buena para los glóbulos rojos. Contiene tiamina, riboflavina, niacina, prebióticos y pro bióticos. Los prebióticos actúan como alimento para los pro bióticos es decir, esta bebida no sólo provee al cuerpo con pro bióticos, sino también prepara un hábitat ideal para ellos. Actualmente esta bebida se está exportando a diferentes países incluyendo a Estados Unidos sin embargo, muchos de sus nutrientes naturales se pierden en el proceso de envasado y transportación, así que, si lo tienes al alcance de la mano para consumirla fresca, no la desaproveches.

TEPACHE: El Tepache es una bebida preparada originalmente con maíz. Su nombre en náhuatl es “tepiatl” que significa bebida de maíz. La elaboración del tepache ha variado con el paso de los años y actualmente es más frecuente encontrar tepeache elaborado con cáscara de piña, de manzana y hasta de guayaba. El tepeache es una bebida fermentada, dicha fermentación tarda algunos días, aunque nunca llega a un nivel alcohólico. Esta bebida es buena para combatir la artritis y las reumas. Sus propiedades antiinflamatorias ayudan a combatir la obesidad y a balancear la acidez en el cuerpo y es muy bueno para eliminar parásitos intestinales.

Y yo que pensaba que estas bebidas eran solamente para emborracharse, pues yo siempre oí que uno debería tener cuidado con ellas o de otra forma terminaría uno con una panza de pulquero, aunque la verdad yo conozco a muchos que tienen esa panza grande y nunca han tomado pulque o tepache. Recordé a la señora que estaba sacando el aguamiel del maguey en ese viaje a Oaxaca, quien nos dijo que un vaso de vez en cuando era todo lo que uno necesitaba porque todo en exceso hace daño.

GUSANO DE MAGUEY: Este gusano es la larva de una mariposa que crece en las raíces y en las pencas del maguey. Esta larva es de color blanco excepto por la cabeza y por las extremidades que son de color pardo. Está emparentado con el chinicuil que también es un gusano comestible parásito del maguey pero es más pequeño y de color rojo. Ambos proporcionan un alto contenido proteínico. Junto con los escamoles, el gusano de maguey ha alcanzado un gran prestigio en los platillos culinarios a nivel internacional. Se acostumbran comer en las zonas pulqueras de Hidalgo, Tlaxcala y el Estado de México.

QUELITES: La palabra quelite viene del náhuatl "quilitl" y abarca a más de 500 especies de verduras tiernas comestibles. Estas verduras son nativas de México, a diferencia de otros vegetales, crecen de manera silvestre en casi cualquier terreno. Además de ser ricos en fibra, tienen un alto contenido proteínico así como también contienen vitamina A, C, B2, además de calcio, potasio y hierro. Ayudan a purificar la sangre, contienen antioxidantes y son antiinflamatorios. Entre los diferentes tipos de quelites se encuentra la chaya y el huazontle.

AJO: Aparte de que dicen que sirve para alejar a las malas vibras, el ajo agrega un delicioso sabor a los platillos. El ajo contiene vitaminas B6, C, B1, además de cobre, selenio, fósforo y calcio. Ayuda a prevenir enfermedades cardiovasculares, es antiinflamatorio, antibacterial y antiviral.

Eso sí me gusta, puedo confesar que soy adicta al ajo, me encanta y si algunas personas llegan a alejarse de mí porque no aguantan mi olor, yo sólo creo que han de ser vampiros, pues dicen que el ajo sirve para ahuyentarlos.

CEBOLLA: A pesar de que existen diferentes tipos de cebollas, en general todas contienen biotina, manganeso, vitamina B6, cobre, vitamina C, fibra, fósforo, potasio y vitamina B1. La cebolla es de gran beneficio para el sistema cardiovascular, también ayuda a fortalecer los huesos, contiene propiedades antioxidantes y es antiinflamatorio.

Definitivamente otra de mis favoritas, pues su crujiente textura al comerse cruda, le da más personalidad a cualquier platillo.

MAÍZ: Éste ha formado parte de la alimentación de los habitantes del continente Americano desde hace más de 2000 años. Lo utilizaron desde los indios nativos de América del Norte hasta los Olmecas y los Mayas. El maíz contiene vitaminas B5, B2, B6 además de fibra, manganeso, fósforo y proteína. Entre otras cosas, el maíz ayuda a controlar el azúcar en la sangre, por su alto contenido de fibra ayuda a limpiar el sistema digestivo además de que contiene antioxidantes que son de gran beneficio para reducir el riesgo de problemas cardiovasculares.

No en vano ha sido el alimento básico del mexicano por siglos.

GUAYABA: Esta fruta es de un aroma y sabor exquisito. Además de ser deliciosa, tiene un alto contenido de vitamina

C y A. Contiene también una gran cantidad de potasio. Entre otros nutrientes que la conforman se encuentran la fibra, el fósforo, el manganeso, el calcio, el hierro, el cobre, el ácido fólico, la vitamina E y la vitamina B2. Ayuda a la pérdida de peso, a la buena digestión, al corazón, a la salud de la piel y es importante para el soporte del sistema nervioso y del cerebro.

GUANÁBANA: Esta fruta es un aporte de la cultura maya al mundo y no solamente es muy deliciosa, sino es muy nutritiva ya que entre otros nutrientes contiene calcio, magnesio, fósforo, potasio, vitamina C, tiamina, riboflavina, niacina y vitamina A. Es buena para el sistema digestivo ya que favorece el fortalecimiento de la flora intestinal.

MAMEY: Fruta indígena de las tierras de México y Guatemala, específicamente de la zona chiapaneca. Esta fruta también es conocida como zapote, es una fruta dulce que se da en la temporada de invierno y tiene una consistencia carnosa. El mamey es delicioso solo o preparado en diferentes bebidas y hasta en ensaladas, platillos y dulces. La planta del mamey se ha utilizado entre las comunidades indígenas de diferentes formas, el extracto de sus ramas ha servido como insecticida al igual que como protector de la piel para ahuyentar a los mosquitos. También sirve como tratamiento contra infecciones en el cuero cabelludo. La fruta es rica en vitamina A y C y contiene minerales como el potasio, fósforo, hierro y calcio. Es buena para combatir enfermedades respiratorias, problemas digestivos y de estreñimiento.

PITAHAYA: Esta fruta tiene un alto contenido de vitamina C, un nutriente esencial que presenta una acción antioxidante, aumenta la resistencia a las infecciones, e interviene en la formación de los huesos y dientes, glóbulos rojos y el colágeno. Ayuda a adelgazar, a reducir el riesgo de enfermedades degenerativas y cardiovasculares. Ayuda también a la absorción de hierro de los alimentos.

HUAZONTLE: Esta planta es típica de la zona central de México y formaba parte de la alimentación de los Aztecas, su nombre en náhuatl es "huautzontli" y significa buena vida o vida fuerte. Aunque es una planta muy antigua, recientemente se está considerando como el alimento del futuro debido a su alto contenido nutricional, esta planta contiene calcio, hierro, fósforo, vitamina A, C, B1, B2, B3 y E. Contiene un alto nivel de proteína superando al amaranto y a otras plantas como la quínoa, que es un alimento que se ha consumido desde la época de la cultura inca y está considerado dentro de los más importantes del mundo. Las hojas del huazontle contienen bastante hierro y clorofila, además contiene una gran cantidad de fibra que ayuda al sistema digestivo, esta planta es excelente para mantener un cerebro eficaz y es buena para la memoria.

Sin saber todo esto, mientras leía las propiedades nutritivas del huazontle, sólo pensaba en ese delicioso platillo que prepara mi mamá y que siempre ha sido uno de mis favoritos, los huazontles capeados en salsa de jitomate y ahora, leyendo esto, entendí la combinación increíble que contiene este platillo, empezando por el ajo, la cebolla, además del jitomate y el huazontle, claro, para mí siempre es necesario que esté acompañado por unas tortillitas y unos frijolitos fritos al lado.

AMARANTO: Utilizado en las culturas precolombinas por los Mayas y los Aztecas, el amaranto está reconocido a nivel mundial como uno de los alimentos más importantes de la humanidad. Según la Organización Mundial de la Salud, sobre un valor proteínico ideal de 100, el amaranto posee 75, superando a la leche 72, a la soja 68, al trigo 60 y al maíz 44. Contiene un excelente balance de aminoácidos, minerales y vitaminas naturales como son: A, B, C, B1, B2, B3. Es rico en acido fólico, niacina, calcio, hierro y fósforo. Sus hojas poseen un alto contenido en calcio, hierro, magnesio, fósforo y vitamina A y C, que lo hace ideal para combinarlo con los granos. De acuerdo a la Academia de Ciencias de los Estados Unidos, el amaranto es uno de los 36 cultivos más prometedores del mundo, reconociéndolo como el mejor alimento de origen vegetal para el consumo humano.

Ahora me da más gusto saber que no sólo me estaba endulzando la vida al comerme esos dulces llamados alegrías.

CACAO: A pesar de que existen 22 especies de cacao, los granos de cacao que son utilizados para la preparación del chocolate y todos sus derivados son los que provienen del árbol conocido como Theobroma. Se cree que fue hace 4000 años que en el sur de México se descubre la manera de cultivar y aprovechar los granos del cacao. En el México pre hispánico sólo las personas con un alto poder social, político o económico tenían acceso a él y a las bebidas derivadas de sus granos, siendo la bebida del chocolate la que conquistó al mundo europeo. La bebida del chocolate o "bebida divina" como se le conocía en el México pre hispánico, se utilizaba también para diferentes ritos ceremoniales. La leyenda cuenta que el cacao es un regalo que Quetzatcóatl hizo a los hombres y por eso también se consideraba como la "bebida de los Dioses". La palabra chocolate proviene de la palabra náhuatl "xocolatl" y este alimento tiene propiedades particulares antioxidantes, contribuye a la disminución de la presión, del colesterol LDL y relaja los vasos sanguíneos, por lo que mejora las condiciones de coagulación de la sangre. Por supuesto también proporciona energía y produce un estado de bienestar debido a sus propiedades estimulantes y antidepresivas. La calidad del chocolate y sus beneficios se mide de acuerdo a la cantidad de cacao que contenga y se recomienda que tenga un mínimo de 60%.

Se me vino a la mente el chocolate batido a mano que los zapotecas nos ofrecieron durante nuestra visita a Oaxaca. Definitivamente que entre más leo sobre los aportes que México ha hecho al mundo, más me convenzo de la riqueza de sus tierras. Y la verdad ahorita, un chocolatito calientito no me caería nada mal.

EPAZOTE: Esta hierba se utiliza mucho en la cocina mexicana y es muy buena para la eliminación de parásitos intestinales.

En ese momento me acordé de una de las señoras que conocimos en alguno de nuestros viajes que nos dijo que ellas usaban el epazote incluso cuando se llegaban a presentar casos de tifoidea.

Seguí leyendo los escritos de Natalia: esta planta también se ocupa para tratar cólicos. La palabra epazote se deriva del náhuatl "epazotl". El epazote además de utilizarse como complemento de muchos platillos mexicanos también se ha utilizado desde la época precolombina para ahuyentar a diferentes tipos de insectos.

En mi mente se apareció el molito de olla que hace mi mamá al que le agrega el epazote y lo hace más sabroso, se me hizo agua a la boca al recordar su sopa de tortilla a la que complementa con una rama de epazote la cual hace que el sabor del jitomate se acentúe más.

HUITLACOCHE: Este es un hongo que le sale al elote, y que se ha consumido desde la época de los aztecas, éste es considerado el caviar azteca y, mientras los franceses celan sus trufas que venden por cantidades exorbitantes, nuestro huitlacoche lo podemos conseguir en el mercado y es muy delicioso en quesadillas. Este hongo ayuda al fortalecimiento muscular y de los huesos además de combatir infecciones, también ayuda a que la piel se mantenga joven y radiante.

No cabe duda, dije dentro de mí, tengo que consumir huitlacoche más seguido, pero en ese momento leí que la temporada de huitlacoche era de julio a septiembre. Ni modo, me dije a mi misma, me tendré que esperar.

PAPAYA: Esta fruta ayuda a limpiar los intestinos, la papaya contiene una enzima llamada papaína, la cual ayuda a la absorción de proteína en el cuerpo, lo cual es importante porque si la proteína no se digiere apropiadamente, ésta se convierte en grasa y puede causar artritis, constipación y diabetes. La papaya es buena para prevenir infecciones y ayuda a mantener un sistema inmunológico fuerte. También ayuda al cuidado de la piel, entre otras cosas, limpia el cutis, ayuda a reducir el acné, aclara las manchas en la piel y a reducir las marcas causadas por quemaduras. Entre otras propiedades nutricionales que contiene están la vitamina A, vitamina E, potasio, magnesio, calcio, hierro y fibra.

JITOMATE: El jitomate o tomate como también se conoce en algunos lugares, es otro aporte de México para el mundo, la palabra tomate proviene del náhuatl "tomatl" y entre sus nutrientes se encuentran las vitaminas C, K, A, B6, B3, E, B1, además de que contiene cobre, potasio, manganeso, fósforo, magnesio, cromo, zinc y hierro. Entre sus beneficios está el ayudar a disminuir el colesterol y los triglicéridos, fortalece al sistema cardiovascular y sus antioxidantes son beneficiosos para mantener unos huesos saludables.

CHILE CHIPOTLE: Otro orgullo Mexicano, aparte de sabroso, el chipotle contiene vitaminas A, K, C, B6 y potasio además de hierro, magnesio, fósforo y fibra dietética. Este chile ayuda al cuerpo a reducir la presión, controlar la diabetes y aclara las vías respiratorias.

CHILE SERRANO: En las recetas que usaban los Aztecas ya se encontraba el uso de este chile como condimento. Su nombre en náhuatl es "chilli". Además de rico y sabroso, tiene un alto contenido de vitaminas A y C. Contiene también hierro y magnesio.

Inmediatamente esa cancioncita empezó a sonar dentro mí: "Yo soy como el chile verde llorona, picante, pero sabroso".

CHILE POBLANO: La variedad de chiles que tiene México es muy grande y entre estos chiles se encuentra el poblano, el cual tiene un bajo contenido de capsaicina, que es la sustancia que hace que el chile pique, esto lo hace más aceptable entre los paladares que no están acostumbrados a comer alimentos muy picosos. Este chile se utiliza en muchos platillos mexicanos como son los chiles rellenos, las rajas con crema y los deliciosos chiles en nogada, entre otros. Entre sus propiedades nutricionales están las vitaminas A y C. Es bueno para prevenir gripas e infecciones en las vías respiratorias, también ayuda a la visión, a tener una piel saludable y a purificar la sangre. Tiene antioxidantes y previene la formación de coágulos en la sangre.

Dicen que: "recordar es volver a vivir", pero no es así, qué no daría yo en estos momentos por poder comer unos chiles en nogada aunque tuviera que limpiar nueces nuevamente. Quise abrazar esa memoria que viví en aquella antigua casa en Puebla.

FLOR DE CALABAZA: Esta flor tiene un alto contenido de vitamina C y ácido fólico a pesar de que su fruto, o sea la calabaza, es de un alto contenido de vitamina A. También es rica en calcio y fósforo, por lo que se recomiendan comer durante el crecimiento y para evitar problemas de osteoporosis.

PÁPALO: Esta planta se utiliza en muchos platillos tradicionales y entre sus beneficios está el de reducir el colesterol y la hipertensión arterial además de ayudar al soporte del sistema digestivo y es bueno para las enfermedades respiratorias.

TOMATE: (tomatillo): Otro orgullo de nuestro México lindo y querido es el tomate o tomatillo como se le conoce en algunos lugares, el tomate verde es rico en fibra, contiene vitaminas C, A y K, además de niacina, potasio, manganeso y magnesio. Ayuda a mantener un sistema inmunológico fuerte ya que limpia al sistema digestivo, es bueno para regular los niveles de azúcar, ayuda a mantener una vista sana e incrementa los niveles de energía en el cuerpo.

En ese momento no pude evitar pensar en la señora que nos habló de lo buenas que son nuestras salsas mexicanas hechas en molcajete y los ingredientes básicos que las componen como son el ajo y cebolla. En este caso la salsa verde resulta ser sabrosa en cualquier platillo, desde algo muy elaborado hasta en tacos, los cuales pueden ser tan simples como estar rellenos solamente de aguacate y si se les acompaña con esta deliciosa salsa verde son exquisitos, claro que si se les agrega rodajas de cebolla morada con limón, sal y por supuesto cilantrito picadito, resultan en un verdadero manjar.

FRIJOLES: De éstos no he encontrado algo que me reitere mis sospechas de que también son de origen mexicano, pero de que los mexicanos somos conocidos por nuestros frijoles, de eso no cabe duda, especialmente por la variedad de las formas en que preparamos esos frijoles en diversos platillos y que son de gran gusto a nivel internacional. Si estas legumbres no son de origen mexicano, nosotros no sólo las adoptamos, sino también las dimos a conocer al mundo. Los frijoles son ricos por su alto contenido de proteína, también contienen molibdeno, folato, fibra, cobre, manganeso, vitamina B1, fósforo, magnesio y hierro. Son buenos para el sistema digestivo por su alto contenido de fibra, reducen la diabetes y el colesterol ya que se dice que los frijoles sirven como esponjas al absorber el colesterol y lo desecha del cuerpo. Por supuesto son antiinflamatorios y antioxidantes.

AGUACATE: Conocido entre los aztecas como "ahuacatl", este alimento también está considerado como uno de los más valiosos del mundo ya que es rico en calcio, hierro, magnesio, potasio, cobre, manganeso, fósforo y zinc. También contiene vitaminas como la C, B6, B12, A, D, K, E, además de tiamina, riboflavina, niacina y fibra. El aguacate ayuda a regular los niveles de colesterol, previene enfermedades cardiovasculares y diabetes así como también es muy importante porque ayuda a la absorción de muchos nutrientes en el cuerpo.

A pesar de que estaba muy triste no se me dejó de antojar un taquito de ensalada de nopales con unas rodajas de aguacate.

La lista era bastante grande, estaba incompleta y sus escritos inconclusos. Me invadió un sentimiento de tristeza al ver que todo lo que Natalia había escrito sobre los alimentos mexicanos no sería nunca escuchado por nadie y su esfuerzo, quedaría en el aire y en el olvido. No paré de leer sus escritos, de repente me encontré con lo que concluí era el título de su obra, "REGIONALIZATE", decía en una sola hoja con letras negras y grandes. La siguiente hoja decía "apoyo a comunidades locales para el desarrollo económico nacional" por Natalia Blanco. En ese momento me di cuenta que ella había estado trabajando en el proyecto de un libro. Eso me intrigó más y continué leyendo página tras página. En una de ellas hablaba de la importancia de incluir el cuidado de la tierra y sus frutos en las escuelas "El Sistema Educativo del Futuro HOY". En estas hojas recalcaba la importancia de hablarles a los niños de la exagerada cantidad de basura que generan los grandes comercios y cómo esta basura es abandonada en las zonas más pobres y termina por contaminar el agua, la tierra y por ende los alimentos que se siembran ahí. Hacía énfasis de los "suelos de basura", en los que la basura queda enterrada por años y cuando ya nadie se acuerda, esos terrenos se venden y uno nunca sabe sobre qué suelo está situada su casa. Hablaba de cómo los contaminantes viajan por aire, tierra y agua y de cómo tarde o temprano nos alcanzan a todos, no sólo a los habitantes de las ciudades, sino también a los habitantes de otras naciones, mencionaba principalmente el caso de la contaminación del aire en China que tarda siete días en llegar a las costas de California. También hablaba de la importancia de integrar clases reales de jardinería y de la creación de jardines en las escuelas.

En la siguiente hoja, Natalia dejaba hacer sentir el amor que tenía por el trabajo artesanal: "Tenemos que aprender a apreciar el trabajo de nuestros artesanos, el cual, para valorarlo realmente, es necesario ver el verdadero trabajo que le cuesta a un artesano la elaboración de una cobija de lana o de una figura de barro o de madera, aparte del tiempo que le toma el preparar los materiales para dicha elaboración. El tejer en los hilados antiguos un zarape o una cobija, le toma al artesano todo un día avanzar tan sólo un centímetro, eso sin contar el tiempo que utilizó desde el cortar la lana del borrego, limpiar y peinar la lana, la formación del hilado y el teñir ese hilado. Las personas que se dedican a preservar ese legado, aparte de tiempo y esfuerzo, también le ponen cariño y amor a su trabajo, muy diferente a la producción masiva de ropa que adquirimos en grandes almacenes, en los que no solemos regatear y la mercancía que adquirimos la compramos pensando que de verdad nos la están dando en oferta y ni siquiera nos ponemos a pensar el daño que esas telas sintéticas le causan a nuestro cuerpo, pero eso sí, al campesino y al artesano siempre les queremos estar regateando su trabajo, siempre queriendo pagarles menos. Así le deberíamos hacer la próxima vez que vayamos de consulta con un médico o con un abogado".

Sonreí al imaginarme yo misma diciéndole a un doctor: "ándele, hágame una rebajita en la consulta", o a un cirujano plástico "¿qué le parece los dos senos por el precio de uno sí?"

Natalia tenía unas páginas dedicadas a recetas y guisos básicos de cocina en general, reí a carcajadas al ver cómo se encomendaba a San Pascual Bailón, el Santo Patrono de los cocineros, porque decía que a ella le gustaba más comer que guisar, así que puso una serie de recetas que consideraba, que con eso, uno podía sobrevivir en cualquier situación, en su lista estaba una sopa de lentejas, cómo guisar frijoles además de otras legumbres y granos secos. También hablaba sobre la importancia de almacenar estos alimentos en algún lugar de la casa en caso de desastres naturales, ya que mencionaba que son los alimentos secos los que más duran, no necesitan refrigeración y con un poco de agua, se pueden guisar. Entre esas recetas salió una hoja que decía: "Este libro lo dedico a quien sembró en mí la semilla que me motivó a ver la vida de diferente forma, para retribuir ese detalle, con este libro pretendo regar más semillas por el mundo con la esperanza de que algún día crezcan, florezcan y se multipliquen". Cuando terminé de leer esas líneas ya tenía la cara llena de lágrimas, lloré por un largo rato.

Tomé otra hoja del paquete, tratando de encontrar una distracción para no seguir pensando en lo que acababa de leer y así fue, el siguiente escrito me transportó a los lugares de México en los que conviví con ella pues decía: "Esto es algo de lo que me tocó conocer durante mis pequeños viajes a México, yo sé que México es más grande y más sabroso, te invito a que seas parte de su sabor y alegría, dejo estas hojas para que continúes tú el camino, trata de finalizarlo junto con tus hijos y tus seres queridos para que incluyas lo tuyo, lo que amas y lo que te gusta". Había unas hojas completamente en blanco que tenían como título "EL SABOR DE MI REGIÓN", me pareció interesante la idea de Natalia de hacer al lector partícipe de ese proyecto. Sus palabras resonaron nuevamente en mi mente: "México es tan grande y tan sabroso", de repente otras palabras aparecieron en mi mente sin que yo las hubiera intencionalmente pensado: "que no me alcanzaría la vida para conocerlo todo". Sacudí la cabeza como para alejar ese pensamiento de mi mente, pues sabía que sus proyectos se habían quedado a medias. Pensé en ella, en si el dejar esos proyectos a medias de alguna forma le afectaría, pensé si estaría bien, o como dicen, si estaría descansando en paz, pues aunque yo no soy muy creyente de eso, pero cuentan que cuando alguien deja cosas pendientes en este mundo, su alma no puede descansar en paz. Reposé en el sillón meditando sobre Natalia. Concluí que estaba dedicándole mucho tiempo a algo sin sentido, seguí hojeando los escritos y después de un rato decidí parar de leer, hice a un lado la caja y cuando estaba por incorporarme vi a mis pies un papel, era una de las hojas del paquete que se había caído sin que yo me percatara, la tomé y estaba por ponerla dentro del paquete donde se encontraban todavía bastantes hojas por leer, pero algo me detuvo y la curiosidad me hizo leerla:

En nuestro viaje por la vida, el éxito individual no existe.
Cuando no reconocemos la serie de eventos que
nos han llevado al lugar donde nos encontramos,
y vanagloriamos el éxito como un logro individual,
nos empezamos a alejar de nuestro verdadero
propósito en la vida.
Ser una persona exitosa no consiste en la
acumulación de cosas materiales, títulos o dinero;
el verdadero éxito es aquel, el cual, una vez que se
logra,
acarrea felicidad y bienestar a ti y a otros y, al
mismo tiempo,
te deja un sentimiento de satisfacción acompañado de
tranquilidad y paz y, con esto,
puedes decir sin titubear: "si tuviera que dejar mi
cuerpo hoy,
me iría con la conciencia tranquila sabiendo que
hice lo que estuvo en mis manos
para dejar un mundo mejor".

Natalia

Esta vez no lloré, una paz invadió mi cuerpo y en ese momento supe que ella estaba bien y que todo estaría bien.

FIN

EL SABOR DE MI REGIÓN

Patricia Fromer

EL SABOR DE MI REGIÓN

EL SABOR DE MI REGIÓN

Patricia Fromer

EL SABOR DE MI REGIÓN

EL SABOR DE MI REGIÓN

EL SABOR DE MI REGIÓN

EL SABOR DE MI REGIÓN

Bibliografía

The Ten Commandments version 1. Native American Poems And Prayers. Obtenido de http://www.firstpeople.us

It's all about delicious choices. 2010 McDonald's http://www.mcdonals.com

Weston Price (2014, October 4). Wikipedia The Free Encyclopedia. Obtenido de http://en.wikipedia.org

Jensen, S. (2009. October). Chaya, the Maya miracle plant. Mexconnect. Obtenido de http://mexconnect.com

Propiedades medicinales del nopal. (1999 - 2014). El Mundo de las plantas. Obtenido de http://www.botanical-online.com

Tijerina, Alejandra Ing. Proiedades del nopal y la tuna. Nutrien. Nutrición y Salud. Obtenido de http://www.nutrien.com.mx

Usos medicinales de la Ruda. (1999 - 2014) Obtenido de http://www.misabueso.com

El Bar de ClubPlaneta. El Pulque. ClubPaneta. Obtenido de http://www.clubplaneta.com.mx

Pérez, Montserrat. (2013, Marzo 03). El encanto del Pulque. Sabrosia. Obtenido de http://www.sabrosia.com

Gómez-Pereira, Belén. (2014, Octubre 28). Las 5 bebidas más tradicionales de México. México desconocido. Obtenido de http://www.mexicodesconocido.com

Maguey worm. (2014, August 17). Wikipedia, The Free Encyclopedia. Obtenido de http://en.wikipedia.org

Quelite. (2013, Marzo 3). Los quelites, una tradición milenaria. Como en el Tianguis. Obtenido de http://www.comoeneltianguis.com.mx

Información general acerca del ajo. Los alimentos. Obtenido de http://alientos.org.es/ajo

Uso Medicinal de la cebolla. (2014). Mi sabueso.com. Obtenido de http://www.misabueso.com

El Maíz como alimento. Botanical Online. Obtenido de http://www.botanical-online.com

Guayaba: Beneficios y propiedades. (2012, Abril). Complejo B. Obtenido de http://www.complejob.net

Usos medicinales de la Guanábana. (1999 - 2014). Mi sabueso. com. Obtenido de http://www.misabueso.com

Propiedades Medicinales del Mamey. Botanical Online. Obtenido de http://www.botanical-online.com

Huazontle. (2010, Julio). La cocina de Norma. Obtenido de http://www.lacocinadenorma.blogspot.com

Huazontle. (2014, October 23). Wikipedia The Free Encyclopedia. Obtenido de http://es.wikepidia.org

El Amaranto. (2003). Asociación Mexicana del Amaranto. Obtenido de http://www.amaranto.com.mx

Chocolate. (2014, October 23). Wikipedia The Free Encyclopedia. Obtenido de http://es.wikipedia.org

Epazote: propiedades y usos. (2011, marzo 15). Plantas Medicinales. Obtenido de http://www.plantas-medicinales.es

What is Huitlacoche? Aquí es Texcoco. Obtenido de http://aquiestexcoco.com

Corn Smut. (2014, October 17). Wikipedia The Free Encyclopedia. Obtenido de http://en.wikipedia.org

Propiedades Alimentarias de la Papaya. Botanical Online. Obtenido de http://www.botanical-online.com

Tomato. (2014, October 13). Wikipedia The Free Encyclopedia. Obtendido de http://en.wikipedia.org

Chile chipotle. Achtli Alimentos Nutritivos S.A. de C.V. Obtenido de http://www.achitli.com

Chile, agrega sabor y vitaminas. Zona Maya. El momento de despertar es ahora. Obtenido de http://www.zonamayaholistico.com

Información nutricional del chile serrano o pimiento serrano. Dieta y Nutrición. Obtenido de http://www.dietaynutricion.net

Poblano. Wikipedia The Free Encyclopedia. Obtenido de http://en.wikipedia.org

Chile poblano: solo o relleno es una rica fuente de vitaminas. Obtenido de www.saludablemente.info

Flores de calabaza. Botanical Online. Obtenido de http://www.botanical-online.com

Ventajas de Consumir Pápalo "Papaloquelite". (2012, Septiembre 5). Tips de Nutrición. Obtenido de http://www.tipsdenutricion.com

Propiedades del Tomate Verde. (2009, septiembre 7). Blog Salud y Belleza Natural. Obtenido de http://saludnatural.biomanantial.com

Frijol, nutritiva y deliciosa herencia de América. (2014, enero 31). Salud y Medicina.com.mx Obtenido de http://www.saludymedicina.com.mx

Avocados. (2001 - 2014). The world's healthiest foods. Obtenido de http://www.whfoods.com